작가
소설

이 도서의 국립중앙도서관 출판예정도서목록(CIP)은 서지정보유통지원시스템
홈페이지(http://seoji.nl.go.kr)와 국가자료공동목록시스템(http://www.nl.go.kr/kolisnet)에서
이용하실 수 있습니다. (CIP제어번호 : CIP2019023008)

作家小說

작가소설

아리스가와 아리스 지음
김선영 옮김

엘릭시르

차례

글 쓰는 기계

1

인쇄소에 샘플 완성 예정일을 확인하는 전화를 끊고 문득 고개를 드는데 후지와라와 눈이 마주쳤다. 옅은 파란색이 들어간 안경 너머로 보이는 눈이 가늘어지더니 "구리야마 군" 하고 부른다.

나는 "네"라고 대답하고 그의 자리로 총총히 다가갔다. 서적출판부로 이동한 지 두 달이 지났지만 아직 이 편집장과는 호흡이 맞지 않는 것 같다. 기민하게 움직인다는 점을 강조해서 나쁠 건 없다.

"마스코 씨 좀 담당해주겠어?"

갑자기 용건을 들이민다. 아아, 그건가. 마스코 신지를 담당하는 여자 편집자가 다음주부터 출산휴가에 들어갈 예정이다.

"하자마 씨가 돌아올 때까지만 대리로 맡으면 되는 거지요?"

당연히 그럴 줄 알고 물었는데 후지와라가 고개를 저었다.

"이번 기회에 자네로 담당을 바꾸려고 해. 마스코 씨 작품, 읽어봤어?"

어쩌다 보니 다 읽어봤다. 그렇지만 데뷔하고 이제 겨우 이 년 남짓 지난 지금 그의 저서는 아직 세 권뿐이다.

"다 읽어봤으면 마침 잘됐네. 그래, 자네는 그 사람 소설을 어떻게 생각해? 아아, 서 있지 말고 앉게나."

오늘 오후는 직원 대부분이 외근을 나가서 후지와라의 책상 주변은 텅 비어 있었다. 가까이 있는 의자에 앉아 "그러게요" 하며 감상을 말하려는데 편집장은 내 대답을 기다려주지 않았다.

"나쁘진 않지만 좋지도 않지? 적응 기간이 지나면 독자는 다른 곳으로 달아나버릴 것 같아. 그렇게 유머러스한 추리소설로 밀고 나가는 작가나 예비군도 많으니 지금이 고비야. 가볍고 세련된 필치로 먹고 들어가는 타입의 작가라고 생각했는데 묘하게 무거운 부분이 있고, 집필 속도가 느린 것도 좋지 않아. 솔직히 말해서 이대로 가면 힘들지도 모르겠어."

정말 솔직하게도 말하네, 하고 생각하면서 끄덕거렸다. 냉정한 평가지만 듣고 보니 토를 달고 싶은 생각도 들지 않는다. 나도 우리 회사에서 주최하는 신인상 수상 작가라 한동안 주목했을 뿐이지, 일개 독자의 입장이었다면 다음에는 마스코 신지의 신작을 서점에서 발견해도 집어보지 않을지도 모른다. 그런 생각을 품은 채 담당 편집자가 되는 건 결코 좋은 일이 아닌데.

그러자 내 마음을 꿰뚫어 본 것처럼…….

"오해하지 마. 난 마스코 씨를 폄하하는 게 아니야." 후지와라는 똑똑히 말했다. "그 반대지. 마스코 신지는 커다란 힘이 있지만 아직 깨어나지 못한 거라고 믿어. 그걸 본인이 전혀 모르고 있어. 하자마도 그렇고. 그래선 안 돼. 작가가 자기 잠재 능력을 자각하지 못하고 있다면 편집자가 어깨를 흔들어서라도 깨닫게 해줘야지. 그게 우리가 할 일이야."

색안경에 가린 눈동자가 동의를 구하고 있었다. 어째서 저렇게 역설할까 의아했지만 "그렇겠네요"라고 대답했다. 입사 삼 년 차, 과학 잡지나 연예 잡지밖에 편집해보지 못한 내게 작가를 대하는 방법을 가르쳐주려는 걸까?

"하자마한테도 그렇게 말했어. 그랬더니 바로 이해는 했는데, 임신해서 휴직하니까. 그래서 말인데……." 후지와라가 싱긋 웃었다. "자네가 하자마 뒤를 이어줬으면 좋겠어. 마스코 신지를 크게 키워보자고. 몰라볼 정도로 말이야."

자네에게 중대한 임무를 맡기는 거라고 말하고 싶은 모양이다. 과연 마스코가 몰라볼 정도로 변신할지 감은 오지 않았지만 "해보겠습니다"라고 대답했다.

"오늘밤 시간 비워두라고 했지? 마스코 씨를 만나서 식사를 할 거야. 자네도 같이 가. 새로운 담당자라고 소개할 테니. 나중에 그날이 마스코 신지가 새로 태어난 날, 기념할 만한 날이었다고 말할 수 있는 밤으로 만들어보자고. 아니, 마스코 씨뿐만 아니라 구리야마 자네한테도 그런 날이 되어야지. 자네는 훌륭한 백락이 될 거야."

천리마를 알아보았다는 백락에 빗댄 그 말은 후지와라가 좋아하는 표현으로 본인 역시 회사 안팎에서 그런 평가를 받았다. 그가 존경하는 인물이 자이언츠의 전직 타격 코치 아라카와라는 말을 들은 적이 있다. 투수였던 오 사다하루를 좌타 타자로 만들고 외다리 타법을 가르친 프로야구계의 훌륭한 안목의 소유자. 케케묵은 이야기다.

그나저나 오늘은 유난히 거창한 표현을 쓴다. 조울증 기미가 있는 남자라 조증 시기에 돌입한 건지도 모른다.

"난 말이야, 자네에게도 기대가 커. 자네는 편집자로 살아가기 위해 필요한 능력도, 열의도 남들보다 배는 갖추고 있어. 내 안목은 확실해. 그럼 6시 반에 출발할 테니까 업무로 돌아가."

유망하다는 말을 들으니 싫지는 않지만 과연 곧이곧대로 받아들여도 될지……. 나는 반신반의하며 자리로 돌아갔다.

2

후지와라가 예약한 곳은 긴자의 한 이탈리안 음식점이었다. 그가 외부 미팅 때 자주 이용한다는 세련된 레스토랑이다. 약속 시간 오 분 전에 도착하니 마스코 신지는 입구 안쪽 의자에 앉아 기다리고 있었다. 얌전한 자세로 무릎에 손을 얹고 있었다.

후지와라가 인사하며 다가가자 마스코는 발딱 일어섰다. 편집장을 만난다고 다소 긴장한 듯했다. "저도 지금 막 왔습니다" 하고 왠지 변명하듯 강조했다.

나는 마스코를 처음 만나는 건 아니지만 지금까지는 인사나 나눈 정도였다. 그것도 그가 갓 데뷔했을 무렵이다. 당시 시청에서 근무하던 마스코의 인상은 어디로 보나 성실한 공무원 같은 모습이었는데 그로부터 이 년 남짓 지나 다시 만난 인상은…… 거의 똑같았다. 한 치도 흐트러짐 없이 7대 3으로 가른 헤어스타일도 그대로고, 폴로셔츠에 바지 차림도 지극히 수수했다. 원래 마른 체형이었는데 더 마른 것 같다. 셔츠 가슴께와 배 부분에 공기가 차서 벙벙했다.

예약석으로 안내받자마자 후지와라가 바로 나를 소개해서 자리에 앉기 전에 명함을 주고받았다. 마스코는 받은 명함을 이마 높이로 공손히 받쳐들었다가 품에 넣었다. 자기가 다섯 살쯤 많은데도 겸손한 사람이다.

"여기 구리야마는 전부터 마스코 씨의 작품을 대단히 높게 평가했답니다. 그래서 하자마 뒤를 이어받아달라고 했지요. 아직 서적 분야로 이동한 지 두 달밖에 되지 않았지만 잘합니다. 우리 부서의 기대주니까 문단의 기대주 마스코 씨에게 딱 맞을 거예요."

기대주라고 추켜올리니 낯간지러웠는데 보아하니 마스코도 그건 마찬가지인 듯했다. "아니, 저는 그런……" 하고 가느다란 목소리로 웅얼거렸다.

"저는 말입니다, 오늘밤을 특별한 밤으로 만들고 싶어요. 마스코 씨의 새 출발을 돕겠습니다."

후지와라는 의미심장하게 말하더니 와인을 척척 고르고 코스 요리를 주문했다. 그리고 건배할 때도 "새 출발을 위하여!" 하고 멋들어진 소리를 했다.

요리가 나오자 마스코가 다른 출판사에서 신작 장편을 집필하고 있다는 것을 알고 있던 후지와라는 진척 상황을 물었다. 그 장편은 탈고를 앞두고 있다는 듯했다.

"그럼 다음 차례인 저희 장편을 시작하실 수 있겠군요. 이번 작품 완성도는 어떻습니까?"

마스코는 "그냥저냥 그렇습니다" 하고 기어들어가는 목소리로 대답했다. 성격 탓이겠지만 말투에 패기가 없다.

"그냥저냥이라. 그럼 저희한테는 걸작을 써주시지요."

후지와라는 미소를 머금고 말했다. 그 옆얼굴을 본 나는 어라 싶었다. 안경 속 눈동자가 조금도 웃고 있지 않다. 오히려 험악한 분위기가 감도는 것 아닌가? 아무래도 마스코의 태도가 썩 마음에 들지 않는 모양이다. 그리고 작가 본인도 그 사실을 어렴풋이 눈치챘는지 긴장한 표정이었다.

그러고 나서 한동안은 가벼운 잡담이 이어졌다. 이야기를 나누는 사이 마스코에게 점점 호감이 갔다. 자기를 과시하지 않고 이쪽 이야기에 열심히 귀를 기울인다. 내성적이고 낯을 가리는 타입인 듯하지만 진지하고 성실한 것 같다. 무엇보다 진지한 태도로 소설을 쓴다는 것을 알 수 있었다. 소설 이야기를 할 때는 눈이 빛나는데, 화제가 최근 유행하는 문화나 업계 풍문으로 기울자 그 빛이 대번에 사라졌다.

"다음엔 어떤 작품을 구상하고 계십니까?"

식후 디저트인 젤라토를 먹으며 물어보았다. 의욕 넘치는 대답이 바로 돌아왔다. 한마디로 정리하면 연속 살인귀와 은행 강도가 덜컥 맞닥뜨려 서로 상대의 정체를 모른 채로 별난 자동차 여행을 하게 되는 이야기인 듯했다. 경찰에 두 사람의 정체가 탄

로난 뒤로는 엄청나게 요란한 액션이 전개된다고 한다. 개그와 액션 양쪽으로 많은 아이디어가 필요하리라. 제대로 쓰려면 한 고생 할 것 같다.

"익살스럽지만 둘 다 흉포한 남자라 꽤나 독살스러운 분위기가 될 겁니다. 미국 로드무비 분위기를 그대로 일본으로 가져오고 싶은 마음도 있는데……."

말끝이 자신 없는 건 편집자들의 반응을 살피느라 그런 것이리라. 꽤 재미있을 것 같았지만 상사보다 먼저 의견을 내지 않도록 삼갔다. 정작 후지와라의 반응은 어땠는가 하면 "그렇군요"라는 한마디를 끝으로 팔짱을 끼고 입을 다물어버렸다. 이래서야 소심한 마스코가 아닌 누구라도 불안해지겠다. 나는 도움의 손길을 내밀기로 했다.

"재미있어 보이네요. 기대됩니다."

마스코는 "고맙습니다" 하고 고개를 꾸벅 숙였다. 후지와라는 여전히 뚱하게 입을 다물고 있다. 심술궂다.

"제목은 정하셨습니까?"

"아직입니다. 이래저래 고민중이라."

편집장이 팔짱을 풀고 테이블에 한쪽 팔꿈치를 얹었다.

"그 작품으로 승부에 나설 수 있겠습니까?"

평소보다 두 옥타브나 낮은 위협적인 목소리였기 때문에 나는 가슴이 철렁했다. 마스코는 반사적으로 자세를 가다듬고 등을 곧게 폈다.

"……어려울까요?"

"나쁘지 않아요. 물론 완성된 작품을 보기 전에는 판단할 수 없지만 말입니다. 나쁘지 않습니다. 솔직히 말해 재미있을 것 같아요. 승부를 걸어볼 수 있을지도 몰라."

쥐어짜내는 듯한 독백의 의미를 나는 잘 이해할 수 없었다. 마스코가 물었다.

"저…… 승부라는 건 무슨 말씀입니까?"

"그 작품으로 마스코 신지의 존재를 독자들에게 확실하게 내보일 수 있는가. 저는 그 점을 고민하고 있었습니다. 잘만 하면 당신은 출판계의 총아가 될 위대한 첫걸음을 내디딜 수 있어요. 하지만 만약 실패하면 당분간 스포트라이트는 받을 수 없습니다. 단언해도 좋아요."

조금 더 다르게 말할 수는 없나? 아무리 훌륭한 백락이라고는 해도 저렇게까지 말하는 건 오만 아닌가? 작가도 감정이 있으니까. 고집 센 작가가 저런 말을 들으면 '이 자식, 뭐가 잘났다고' 하며 반발심으로 의욕을 내겠지만 마스코 같은 성격은 움츠러들기만 할지도 모른다. 봐라, 세상 최고로 나약한 표정이다.

"그러니까 승부란 건…… 이 작품으로 실패하면 앞으로 네게는 일을 주지 않겠다, 그런 뜻입니까?"

"저는 그런 협박은 하지 않습니다. 다만 당신을 진지하게 걱정하는 것뿐이에요. 여기서 날아오르지 않으면 끊임없이 등장하는 신인 작가들에게 뒤처집니다. 존재감을 드러내려면 이게 마지막 기회일지도 몰라요."

저런 말투는 거의 협박 아닌가? 작가란 존재는 어디서 화려한 꽃을 피울지 모른다. 그걸 인스턴트식품 신제품처럼 다루는 건 적절하지도 않고, 애초에 실례다. 이런 무례한 방식은 배우고 싶지 않다.

마스코는 눈앞의 커피에 손도 대지 않고 고개를 떨구고 말았다. 그 마음은 이해하지만 역시 패기가 부족하다. 두고 봐라, 하고 가슴을 당당히 펴면 될 텐데.

기념할 만한 밤은커녕 오늘밤은 실패였네, 하고 실망하고 있는데 후지와라가 높은 목소리로 "마스코 씨" 하고 불렀다.

"시간, 있지요? 자리를 옮겨 향후 일을 의논합시다. 기분이 확 사는 가게에서."

마스코는 "하아" 하고 대답할 따름이었다. 선생님에게 야단맞고 움츠러든 초등학생 같았다.

내가 계산을 마치고 가게 밖으로 나가자 후지와라는 "갑시다" 하고 구령을 붙여 걸음을 뗐다. 어딘지 모르게 들뜬 목소리인

게 묘한 느낌이었다.

후지와라가 우리를 데려간 곳은 긴자에서 내로라하는 고급 바. 편집자가 인기 작가를 모실 때 자주 이용하기로 유명한 가게인데, 나는 처음 와봤다.

문득 이런 생각이 들었다. 마스코를 이 가게에 데려왔다는 건 아까 했던 모진 소리에 대한 사과일까? 심한 소리도 많이 했지만 당신에게 기대를 하니까 그런 겁니다, 하고 다독이기 위해 문단에서 유명한 바에서 술을 먹인다. 노골적인 당근과 채찍 전법이다. 어쩌면 아직 접대에 익숙하지 않은 내게 이 가게를 어떻게 활용하면 좋을지 알려주려는 심산도 있을지 모른다 생각하니 점점 더 흥이 깨졌다. 고작 그 정도로 기념할 만한 밤이라니 허풍선이다.

"어서 오세요, 후지와라 씨. 요즘 뜸하신 것 아니에요?"

기모노 차림의 마담이 맞이해주었다. 내 어머니뻘 되는 연령일 텐데 젊고 아름답다. 후지와라는 "잔일이 많아서" 하고 홍겹게 대답했다.

우리는 안쪽 박스석으로 안내받았다. 아하, 이거 엄선했구나 싶은 호스티스가 세 명이나 붙어 각각 옆자리에 앉았다. 마스코는 어디로 보나 차분하지 못한 기색으로 가죽 의자에서 쩍쩍 소리가 나도록 엉덩이를 들썩거리고 있었다.

"마스코 씨는 양주를 좋아하셨죠. 좋아하는 술을 시키십시오. 사양하지 마시고."

그렇게 권해도 "아이고" 하며 우물거린다. 그러자 후지와라가 일단 레미 마르탱을 병으로 주문했다. 호스티스들의 청도 들어가며 돔 페리뇽이나 과일 모둠 안주를 차례로 시켰다. 상당히 사치스럽다. 편집장은 오늘 예산을 얼마로 잡고 있을까? 이 기세라면 삼십만 엔은 금방 넘을 것 같다.

"다시 건배합시다. 마스코 선생님의 빛나는 미래를 위하여! 어이, 다들. 이분 얼굴을 잘 기억해둬. 내가 보장하건대 재능으로 똘똘 뭉쳤어. 내일의 슈퍼스타니까. 게다가, 게다가 말이지 독신이야, 이 양반!"

후지와라가 분위기를 띄우자 호스티스들이 교성을 질렀다. "젊은데 대단하시다", "내가 침 발라놓을까" 하는 말을 듣고 마스코는 난처한 표정을 지었다. 추켜세워도 기분 좋을 형편이 아닌 것 같다. 그야 그렇겠지. 마스코를 에워싼 여성들은 그가 어떤 소설을 쓰는지 알지도 못하고, 일이니까 맞춰주고 있을 뿐이다. 좋다고 들뜨는 사람이 바보다.

"어머, 마스코 선생님은 술도 호쾌하게 드시네" 하고 여자들이 자꾸 끼어들었다. 향후 일을 의논할 상황이 아니다. 마스코가 기뻐하면 또 모르겠지만 주인공인 그가 지루해하는 게 마음에 걸렸다. 한 시간쯤 그러고 있었을까, 후지와라가 호스티스들에게 "그만 됐어"라고 했다.

"딱딱한 일 얘기가 남아 있어. 이제부턴 알아서 할 테니까."

여성들은 이런 타이밍을 잘 이해하는지 "천천히 말씀들 나누세요" 하고 생글거리며 떠났다. 향수 냄새만 남았다.

"한숨 놓은 표정이군요."

후지와라가 웃자 마스코는 머리를 긁적였다.

"예, 이런 자리는 처음이라, 손님 입장인데도 왠지 긴장돼서."

"하하. 하지만 좋은 가게지요? 분위기도 좋고 아가씨들 수준도 높아요. 괜찮으면 자주 찾아주십시오."

"좋은 가게지만 저 같은 사람이 사비로 마시러 올 가게는 아니네요. 눈이 휘둥그레질 만한 계산서가 나올 것 같아요. 지금도 정말 괜찮은가 걱정될 정도입니다."

"마스코 씨는 신중하시군요. 마음에 든다면 종종 모시겠습니다. 아니, 그러지 않아도 조만간 혼자서 다니시게 될 겁니다. 당신을 '내일의 슈퍼스타'라고 소개한 건 입 발린 말이 아닙니다. 이제 곧 실현될 일입니다. 당신에게 그럴 각오만 있다면."

또다시 후지와라의 목소리가 차츰 낮아졌다. 어딘가 최면술사 같은 그 말투에 나도 빨려 들어갈 것만 같았다.

"아까 여쭤보았던 차기작 말인데, 얼마나 필요할 것 같습니까?"

일 이야기가 나오자 마스코는 안도하는 눈치였다.

"오백 매 정도로…… 아아, 기간 말씀인가요? 그러네요. 아직 구상이 충분치 않아서 석 달 내지 넉 달쯤일까요."

"그래선 안 됩니다." 후지와라가 가차없이 단언했다. "안 돼요, 그렇게 안일해서는."

"안일……한가요?"

"당신은 훌륭한 재능을 가지고 있어요. 엔터테인먼트 소설 작가로서 드문 인재입니다. 데뷔하고 단숨에 계단을 성큼성큼 뛰어오를 수 있었어요. 그런데 아직도 지금 같은 위치에서 꾸물거리는 건 자기 가능성을 깨닫지 못하는 둔감함과 그 안일한 정신 탓이에요. 전 그게 답답합니다."

빈말은 아닌 듯했다. 애가 타서 그런지 후지와라의 목소리는 희미하게 떨리고 있었다. 너무 직설적인 말에 마스코가 망연해하고 있지 않은가? 상처 입었다기보다는 기가 막혀서.

"안일한 자신과는 오늘밤을 끝으로 결별하십시오. 탈피하는 겁니다. 당신은 닭이나 펭귄이 아니라 백조예요. 높고도 멀리 날 수 있는 강인한 날개를 가지고 있어요. 그걸 깨달으십시오." 후지와라는 거듭 쏟아냈다. "뭐가 안일하냐고요? 당신 집필 속도입니다. 지금까지도 느긋하게 써오긴 했지만 이 판국에도 여전히 '석 달 내지 넉 달'이라고요? 웃기지 마십쇼. 고층 빌딩을 짓는 것도 아니고. 한 달 안에 끝내요."

마스코는 자신 없는 표정으로 "억지예요"라고 말했다.

"금방 그런다니까. 끝까지 힘을 내본 적이 없는 사람은 항상 그렇게 달아나려 해. 의지가 없어. 나는 힘이 없는 사람에게 없는 걸 요구하지 않습니다. 그렇게 한가하지 않아요. 당신은 하면 할 수 있는 사람이야. 해야지. 그러지 않으면 굴러떨어질 겁니다. 이 바닥은 현상 유지 같은 요행은 없는 곳이니까."

협박이라기보다 도발이다. 저런 우악스러운 질타가 효과가 있을까? 나는 고개를 갸웃거리고 싶은 심정이었다. 취기가 아니라 분노 때문이리라. 마스코는 불그스름한 얼굴을 들고 편집장을 노려보았다.

"저는 요행을 바란 적 없습니다. 소설을 존중하니까 머리를 쥐어짜내고 뼈를 깎아내며 글을 쓰고 있는 겁니다. 집필 속도로 평가하다니 억울하군요."

"당신, 신인상을 받았을 때 내게 뭐라 했는지 기억합니까?" 후지와라가 되쏘아보았다. "베스트셀러 작가가 되고 싶다고 했어. 좋아하는 소설을 실컷 쓸 수 있다면 만족합니다, 그런 소리는 하지 않았다고. 자기 작품을 가급적 많은 사람들이 읽어줬으면 좋겠다고 뜨겁게 말했지. 그래, 이런 기개다, 하고 마음속으로 박수를 쳤어. 작가로서 뛰어난 결의였어. 그건 진심이었죠? 그렇다면 실현시키란 말입니다."

엄청난 기백에 마스코는 순간 주눅이 들었다. 후지와라는 입가에 거품을 물었다.

"당신은 이미 무대 위에 올라왔어. 노래를 할 수도, 춤을 출 수도 있어. 관중은 뭐가 시작될까 기대하고 있지. 그런데 아직도 꾸물대고 있다니 볼썽사납기 짝이 없어. 아무것도 하지 않을 셈이면 무대에서 내려가 다른 사람하고 교대해."

"너무하네요, 후지와라 씨. 그런 말을 들을 이유는 없습니다. 저는 게으름을 피우는 게 아니에요. 페이스가 느릴지도 모르지만."

"그래요, 느리죠. 당신을 보고 있으면 이백 살까지 살 생각인가 싶어요. 바쁘게 살란 말입니다. 당신은 말이죠, 훨씬 좋은 작품을 지금의 다섯 배 속도로 쓸 수 있어요."

"아무리 그래도 그건……."

"그러면 좋겠다는 생각조차 안 하는 겁니까?"

이 한마디가 마스코의 반박을 틀어막았다. 입을 다물어버린 작가에게 후지와라는 선동꾼처럼 퍼부어댔다. 나는 반감을 느끼며 듣고 있었지만 그 달변은 인정하지 않을 수 없었다. 그뿐이랴, 놀랍게도 모욕에 가까웠던 말이 차츰 감미롭게 울리기 시작했다.

"당신 책의 독자는 오천 명이에요. 고만고만한 콘서트 회장에 다 들어갈 만한 숫자밖에 안 됩니다. 지구상에서 일본어를 읽을 수 있는 사람이 일억 이천만 명이 넘는데, 고작 오천 명. 분하지 않습니까? 심혈을 기울인 작품이 겨우 그만큼의 사람들에게만 읽히고 끝이라니. 하다못해 갓난아이나 어린아이들을 포함한 일본인 전체에서 백 명 중 한 명은 읽었으면 좋겠다, 그런 생각은 없어요? 그 정도 소망은 야심이 아니라 아주 당연한 목표입니다. 알아주는 사람만 읽어주면 된다고 천 명, 만 명 단위의 독자를 상정하고 쓰는 건 진정한 긍지를 갖지 못하고 자기만족에 빠진 나태한 인간이나 하는 짓입니다. 당신은 그런 '자칭 소설가'가 아니에요. 지금의 몇백 배는 되는 독자를 사로잡아야 해요. 그러지 않으면 다른 작가가 탐낼 만한 아까운 재능을 낭비하는 겁니다. 당신이라면 할 수 있어요. 그리고 당신이 하겠다면 저는 목숨을 걸고서라도 반드시 히트시키겠습니다. 인쇄소 기계가 망가질 정도로 찍고 또 찍고, 팔고 또 팔겠어요. 낙양의 종잇값을 올린다는 고사◆처럼 이 나라 종이를 바닥내고 껄껄 웃어주겠어

◆ 중국 진(晉)나라 좌사(左思)가 각 도읍의 풍물을 다룬 『삼도부(三都賦)』를 지었을 때 낙양 사람이 앞다투어 이 책을 베끼느라 종잇값이 올랐다는 데서 나온 말로 어떤 책이 매우 잘 팔림을 비유적으로 이르는 말.

요. 그리고 당신은 소설가의 대명사가 되는 거죠.

인세는 당연히 엄청나겠지요. 돈이 당신 주머니로 폭포처럼 쏟아질 겁니다. 문단에서 유명한 긴자의 바에서 즐기는 한탕 놀음도 쩨쩨하게 느껴지겠지요. 이런 시시한 가게는 통째로 사들여버려요. 매일 다른 최고 미인하고 즐길 수도 있다고요. 아아, 젠장, 부럽습니다, 저처럼 평범한 남자는. 그렇게 되면 소설을 읽을 지성도 없고, 당신 재능을 이해하지 못하는 멍청이들도 그 힘 앞에 굴복하겠지요."

너무나 완벽한 발성과 뛰어난 완급 조절 때문에 사고 능력이 마비된다. 목표는 과대하고 뒤쪽은 지나치게 속물스럽다고 생각하면서도 홀린 듯 귀를 기울이고 말았다. 이토록 뜨거운 성원을 받다니 마스코 신지는 얼마나 행복할까? 부럽기까지 했다.

그의 반응은 어떤가? 당사자인 본인은…….

입술을 굳게 다문 마스코의 눈에 번쩍거리는 빛이 감돌고 있었다. 방금 전까지와는 다른 사람 같았다. 나는 그 변화에 눈을 휘둥그레 떴다. 지금까지 잠들어 있던 욕망이 눈을 뜨고 분출했는지, 온몸에서 아지랑이가 일렁거리며 솟아오르는 듯했다.

"다른 삼류 작가나 자칭 소설가들이 도저히 당해낼 수 없다고 눈물을 쏟아낼 작품을 쓰는 겁니다. 쓰고, 쓰고, 또 쓰는 겁니다. 미친듯이 써서 기관총처럼 쉴 새 없이 서점에 콱 박아 넣는 거예요. 서점 책장을 당신 저서로 꽉꽉 채우는 겁니다. 할 수 있어요."

마스코가 신음하듯 되물었다.

"정말, 할 수 있을까요?"

"할 수 있어요. 당신 마음에 불이 붙었다면, 제가 반드시 그렇게 만들겠습니다!"

작가는 손톱을 박을 기세로 자기 양쪽 허벅지를 움켜쥐고 있었다. 바지가 쭈글쭈글했다.

"……하겠습니다."

그 말을 듣기가 무섭게 후지와라는 벌떡 일어섰다. 그리고 마스코를 굽어보며 말했다.

"나갑시다. 당신의 소망을 이루기 위해, 행동 개시하는 겁니다."

일이 돌아가는 속도를 따라가지 못하고 나는 얼이 빠져 후지와라의 얼굴을 보았다. 훌륭한 백락은 악마 같은 미소를 지었다.

"가자고, 구리야마. 기념할 만한 밤은 이제부터 시작이야."

3

택시를 타고 어디로 가나 했더니 후지와라가 말한 행선지는 요쓰야에 있는 회사였다. 택시는 고요한 심야의 오피스 거리를 달렸다. 11시가 다 되어가는데 마스코를 회사로 데려가서 어쩌려는 심산인지 전혀 알 수가 없었다. 경비원도 "이런 시간에 회사에서 회의라도 하십니까?" 하고 의아해했지만 편집장은 대답도 하지 않고 엘리베이터로 향했다.

대체 어디로 가나, 후지와라의 손을 지켜보니 집게손가락이 누른 것은 B1 단추였다. 창고나 기계실밖에 없는데 왜 지하로 내려가는지 전혀 짐작이 가지 않았지만 잠자코 상황을 지켜보기로 했다. 아무래도 이제부터 상식을 초월한 일이 일어나려는 모양이다.

어째선지 후지와라는 B1 단추를 누른 채로 손을 떼지 않았다. 엘리베이터는 겨우 한 층 내려가는 것치고는 지나치게 오랫동안 멈출 기미가 없었다. 지하에는 몇 번 내려가보았지만 이런 일은 없었다. 이상하다. 내 의문과 불안은 강해질 뿐이었다.

이윽고 문이 열리자 그곳은 완전히 낯선 장소였다. 똑바로 뻗은 복도를 사이에 두고 양쪽에 1번, 2번 창고가 있어야 하는데, 엘리베이터 앞은 한 평 반만 한 작은 공간이 아닌가? 콘크리트가 그대로 드러난 아무것도 없는 공간으로 정면에는 두 개의 철문이 있었다. 마스코도 이상한 분위기를 느꼈는지 나를 쳐다보았다. 저도 모르겠습니다, 하고 고개를 저어 대답하는 수밖에 없었다.

후지와라는 입을 다문 채로 오른쪽 문으로 향하더니 주머니에서 키홀더를 꺼내 열쇠를 골랐다. 문 너머는 대체 어떤 곳일까? 당장 궁금하면서도 한편으로는 알고 싶지 않은, 초조한 갈등이 나를 덮쳤다.

찰칵 소리와 함께 묵직한 문의 잠금장치가 열렸다. 문은 울음소리처럼 삐걱거리며 우리 쪽으로 열렸다. 이 너머에 절대 천국은 없을 거라는 예감이 들었다.

등을 돌린 채로 후지와라가 입을 열었다.

"이제부터 보는 것은 절대 남에게 말씀하지 마십시오. 설령 상대가 저희 회사 사람이라도. 약속해주시겠지요, 마스코 선생님?"

마스코는 반사적으로 "예"라고 대답했다. 후지와라는 여전히 우리 쪽을 보지 않고 내게도 같은 다짐을 받아냈다. 마치 국가의 존망에 얽힌 기밀을 다루는 것 같네요, 하고 농담을 던질 생각조차 들지 않았다.

"그럼 갑시다."

후지와라가 문 너머로 들어가 불을 켜자, 그곳 또한 콘크리트가 그대로 드러난 살풍경한 방이었다. 폭은 기껏해야 삼 미터인데 깊이는 이십 미터는 될 것 같았다. 어림짐작으로 말할 수밖에 없는 것은 어째선지 조명이 어두워 반대편 벽 주변이 흐릿하게 보였기 때문이다. 다만 방 중간에 묵직한 책상이 우리 쪽을 향해 놓여 있는 것만은 알 수 있었다.

"여긴 뭘 하는 방입니까?"

마스코는 께름칙한 기색으로 실내를 둘러보았다.

"소설 집필을 위해 준비한 방입니다. 간접조명이라 어둡지만 물론 저 책상에는" 하고 후지와라가 앞쪽을 가리켰다. "밝기를 조절할 수 있는 스탠드가 달려 있습니다."

"저 책상에서 소설을 쓰라는 말씀인가요? ……지금, 여기서?"

"예, 그렇습니다. 쇠뿔도 단김에 빼으라잖습니까. 당신 몸속에 불이 붙은 이상 시간 낭비할 필요가 어디 있습니까? 집필을 위해 필요한 건 전부 저희가 마련하겠습니다. 일에 방해가 되는 건 곤란하지만 그렇지만 않다면 뭐든 말씀하세요. 당신은 일심불란하게 글만 쓰면 됩니다."

마스코의 사정을 전혀 고려하지 않는 말이다. 방금 전까지 긴자에서 술을 권해놓고 한밤중에 회사로 끌고 오더니 '자, 지금 여기서 소설을 써라'는 너무하지 않은가? 내 상식은 그렇게 비난하려 했지만 표현하기 어려운 감정이 그것을 집어삼켰다. 상식은 문밖에서 버림받아 이 방 안에는 따라 들어오지 못했는지도 모른다.

"이 방의 온도, 습도를 비롯해 모든 것이 소설을 집필하는 데

이상적인 수치로 설정되어 있습니다. 저희 회사는 몇백 몇천 명이나 되는 작가분들을 이곳에 모셔 소설 원고를 받아냈습니다. 그 축적된 경험을 바탕으로 데이터를 철저히 분석해 완성한 것이 이 특별실입니다. 물론 아무 선생님께나 편히 제공하는 곳은 아니고 이 선생님이다, 하는 확신이 드는 선생님만 모시고 있습니다. 사내에서도 기밀에 해당하는지라 이 방의 존재를 아는 사람은 편집부 안에서도 한 손으로 꼽을 정도입니다. 알겠지, 구리야마?"

후지와라는 몸을 돌려 나를 매섭게 쳐다보았다. 그러더니 마스코에게 다가가 오른쪽 어깨에 가만히 손을 얹었다.

"지금까지 이 방을 이용한 선생님은 여덟 분밖에 안 계십니다. 이름을 들으면 놀라실 겁니다. 다들 베스트셀러 단골 작가로, 밀리언셀러를 기록한 분도 계시고 문단의 총아들뿐이에요. 마스코 선생님, 당신은 말입니다. 앞으로 그런 대표 작가들하고 어깨를 나란히 하는 겁니다. 저 책상과 의자에서요."

편집장이 마스코의 등을 앞으로 슬그머니 떠밀었다. 두 사람은 커다란 성공을 약속한다는 책상과 의자 쪽으로 다가갔다. 그리고 후지와라는 너도 오라는 듯이 내게 턱짓을 했다.

바에서 후지와라의 열변을 들었을 때는 이 정도로 성원을 받은 마스코 신지는 얼마나 행복할까 싶었지만 그런 생각은 어디론가 날아가버렸다. 재능은 있지만 소심한 이 소설가는 말도 안 되는 제안을 받아들이고 만 게 아닐까?

양쪽에 서랍이 달린 책상은 척 보기에도 고급스러운 마호가니 재질이었다. 광택이 곱다. 널찍한 상판 위에는 데스크톱 워드프로세서가 한 대 놓여 있는 것 외에는 왼쪽 구석에 뱀처럼 기다랗게 고개를 뻗은 스탠드가 전부였다. 사전이나 지도, 연감 같은 자료는 서랍에 들어 있다고 한다. 부드러워 보이는 캔버스 천이 덮인 팔걸이의자는 앉으면 굉장히 편할 것 같다. 하지만…….

뭔가 이상하다. 어디로 보나 기능적인 책상에 비해 의자가 너무 컸다. 크기뿐만 아니라 모양도 이상하다. 신칸센 고속 열차 우등석처럼 생긴 이유는 발밑에 히터가 설치되어 있기 때문일까?

"자자, 앉아보세요. 좋은 의자예요. 리클라이닝 의자니 휴식을 취하기에도 딱 좋습니다. 등받이도 완전히 젖혀지니 침대로 써도 손색이 없어요."

후지와라가 권하는 대로 마스코는 의자에 앉았다. 그러더니 "허" 하고 한숨을 토하며 실눈을 떴다.

"정말이네. 이거 굉장히 안락한 의자로군요. 마치 뒤에서 포근하게 감싸주는 것 같아요. 쿠션도 평범하지 않군요. 이런 의자라면 몇 시간을 앉아 있어도 엉덩이가 배기지 않을 것 같은데."

“예, 그렇게 맞춘 겁니다. 아마 일본에서 으뜸을 다툴 정도로 쾌적한 의자일 거예요. 최고로 비싼 의자이기도 하죠.”

“값이 얼마나 됩니까?”

“그건 말씀드릴 수 없지만 파격적인 가격이었다는 건 써보시면 차차로 알게 되실 겁니다.” 후지와라는 스탠드를 켰다. “이 정도 밝기면 되겠습니까?”

“예……. 아아, 좋네요. 오호라, 굉장히 편안한 빛이네. 이것도 귀사의 연구 성과입니까? 하하.”

어지간히 편한지 마스코는 기뻐 보였다. 후지와라는 웃음기조차 없었다.

“워드프로세서는 선생님이 애용하시는 기종을 준비했습니다. 바로 집필을 시작하실 수 있도록. 잠깐 실례하겠습니다.”

후지와라는 마스코의 오른팔을 잡았다. 뭘 하나 했더니 팔걸이 뒤쪽에서 코드 같은 걸 끄집어내 그것을 마스코의 오른쪽 손목에 장착했다. 끝이 수갑처럼 고리로 되어 있어 찰칵 소리를 내며 잠겼다. 작가는 어리둥절한 표정이었다. 후지와라는 재빨리 반대편으로 돌아가 왼쪽 손목에도 같은 장치를 채웠다.

“걱정 마십시오. 신축성이 뛰어난 코드니까요. 일에 방해가 되지는 않을 겁니다.”

마스코가 알고 싶은 건 그런 문제가 아니었다.

"이게 뭐냐고요? 선생님께서 일에 몰두하실 수 있도록 도와주는 일종의 마법 도구입니다."

"마법요? 설마 워드프로세서 키보드를 치는 손이 멈추면 전류가 흐르는 건 아니겠지요? 하하."

"아니요, 그건 실험 단계에서 성과가 오르지 않는다는 게 판명되어 그만두었습니다. 이 코드는 단순히 선생님을 책상 앞에 구속해두기 위한 장치에 지나지 않습니다."

"어……엇?"

"신축성이 뛰어나다고는 했지만 이 미터까지만 늘어납니다. 키보드를 치거나 식사를 하거나, 배설을 하기에는 그만한 여유만으로도 충분할 겁니다. 지금까지 코드가 너무 짧다는 불평을 들은 적은 한 번도 없으니까요."

후지와라가 진지한 얼굴로 농담을 하는 건지, 아니면 어디까지나 진지하게 이야기를 하는 건지 분간이 가지 않아 마스코는 당혹스러운 기색이었다. 나는 직감으로 알았다. 편집장은 온전히 진심이고, 눈곱만큼의 농담도 섞여 있지 않다는 것을.

"식사는 그렇다 쳐도 배설이라니 뭡니까? 설마, 여기 앉은 채로……."

"쿠션을 들어올리면 비데 기능이 있는 변기가 나옵니다. 커다란 탱크가 붙어 있는 수세식 화장실이에요. 냄새 제거도 완벽하니 불쾌할 일은 없습니다. 안심하세요."

"저를 놀리시는 겁니까?"

작가의 얼굴이 붉게 물들었다. 그 눈동자에는 분노와 함께 공포의 빛이 서려 있었다. 하지만 두려워하기에는 아직 일렀다. 후지와라가 워드프로세서 전원을 켜자 화면이 어렴풋이 밝아지면서 마스코의 불안한 얼굴을 흐릿하게 비추었다.

"아직 이해를 못 하신 모양이네. 나는 지금 최후의 만찬에 임한 그리스도보다 더 진지합니다. 당신은 이 쾌적한 책상과 의자에서 이제부터 소설을 쓸 겁니다. 이미 쓸 수밖에 없는 상황이 갖춰졌어요. 이 책상과 의자, 아니, 이 방 자체를 저희는 '글 쓰는 기계(라이팅 머신)'라고 부릅니다. 그리고 이걸 활용해 마스코 선생님도 '글 쓰는 기계'가 되는 겁니다."

"됐습니다. 사양하겠어요. 이런 건 고문 아닙니까? 어엿한 범죄라고요. 저는 쓰지 않을 겁니다. 당장 이 수갑 같은 걸 풀고 여기서 내보내주십시오. 사람을 바보로 여기는 것도 분수가 있지."

후지와라는 그 말에 대답하지 않고 의자 뒤에 레버라도 달려 있는 건지, 뭔가를 잡아당겼다. 그리고 등받이를 붙잡더니 의자를 백팔십도 빙글 돌리고 발밑을 가리켰다. 나도 그제야 비로소 깨달았는데, 바닥에는 레일 같은 게 두 줄 깔려 있었다.

"알겠습니까, 마스코 선생님? 이 의자는 책상과 한덩어리로 레일 위를 움직이도록 만들어져 있어요. 방 안쪽까지 미끄러지듯 쭈욱 이동합니다. 저 안쪽은 어떨 것 같습니까?"

후지와라는 스탠드를 꺾어 어두컴컴한 안쪽을 비추었다. 이윽고 시야에 드러난 레일 끝에는 깜깜한 구덩이가 입을 쩍 벌리고 있었다. 가로세로 삼 미터 정도 되는 정사각형이다. 후지와라는 성큼성큼 그쪽으로 걸어가더니 주머니에서 꺼낸 십 엔짜리 동전을 구덩이에 던졌다. 동전이 짤랑 튀는 소리가 들리기까지 이 초는 넘게 걸렸다.

"이 구덩이, 상당히 깊습니다. 의자가 여기까지 내려오면 등받이가 기울면서 동시에 코드가 풀려 앉아 있는 사람을 구덩이로 떨어뜨립니다."

"글을 쓰지 않으면 거기에 떨어뜨린다고요? 미쳤군요. 그런 시시한 협박을 위해 잘도 요란한 기계를 만드셨소이다. 뭐가 '글 쓰는 기계'야? 나는 안 쓸 거요. 마음에 들지 않으면 당장 구덩이에 메다꽂으시던지."

후지와라는 천천히 돌아오더니 의자를 다시 반 바퀴 돌리고 스탠드 조명을 책상 위로 돌려놓았다. 그리고 책상 앞으로 돌아가 마스코를 정면에서 굽어보았다.

"그런 짓을 하면 선생님 원고를 영원히 받을 수 없잖습니까.

선생님은 쓸 겁니다, 목숨을 걸고. 아직 모르시겠습니까? 이 책상과 의자는 이미 조금씩 레일 위를 움직이고 있어요."

"설마." 마스코는 그 한마디를 끝으로 말을 잇지 못했다. 마스코와 책상과 의자가 아까보다 멀어진 걸 깨닫고 나도 아연실색했다. 그러고 보니 귀를 기울이자 곤충 날갯소리처럼 희미한 기계음이 들렸다.

"뭐, 달팽이 기어가는 속도니 겁먹지 않으셔도 됩니다. 하지만 계속 이대로 있으면 언젠가 구덩이에 떨어지겠지요. 열 시간 뒤가 될지, 열두 시간 뒤가 될지는 모르지만. 그걸 막을 방법은 한 가지뿐입니다. 글을 쓰는 겁니다." 후지와라는 키보드를 가리켰다. "그걸 두드리는 겁니다. 문장을 입력하면 기계가 반응해 구덩이 쪽으로 후퇴하는 속도가 느려집니다. 그뿐입니까, 계속 입력하면 반대로 전진시킬 수도 있어요. 컴퓨터로 제어되고 있거든요. 이해하셨습니까? 당신은 지금부터 목숨을 걸고 소설을 쓰는 겁니다."

"미쳤어."

순간 나는 마스코와 눈이 마주쳤다.

"구리야마 씨. 멍청히 서 있지만 말고 이 미친 편집장 좀 말려요. 당신도 감금, 아니 살인을 거들 생각입니까?"

눈앞에서 벌어지고 있는 기괴한 광경에 나는 목소리도 나오지 않았다. 그때 후지와라가 서랍에서 뭔가를 꺼내 책상 위에 늘어놓았다. 사진 같았다. 그중 몇 장을 집어서 내게 내밀었다.

"봐. 나는 거짓말은 안 해."

그 사진에는 지금 한창 화제인 몇몇 베스트셀러 작가들이 원고를 쓰는 모습이 찍혀 있었다. 이 방에서, 이 '글 쓰는 기계'에 묶여서.

"이 사진은 조작도 가짜도 아니야. 부유한 문필가 상위를 독점하고 있는 '글 쓰는 기계'들은 이 '글 쓰는 기계'가 낳은 성과다. 여기서 탄생한 거야. 바로 여기서!"

나는 책상으로 다가가 그 위에 놓인 사진도 확인했다. 사진 속 작가들은 다들 젊었다. 거의 십 년 전 사진도 있는 듯했다. 그와 그녀들(여성도 있었다) 중 누군가는 머리를 풀어헤치고 고뇌하는 표정이었고, 또 누군가는 뺨이 푹 패고 초췌한 얼굴로 원고와 격투하고 있었다. 전부 귀기가 서려 있었다.

"어영부영하다가는 뒤에서 구덩이가 점점 다가올 겁니다. 자, 빨리 쓰세요, 자!" 후지와라가 다그쳤다. "구상은 머릿속에 있다면서요? 서너 달 들여 쓸 생각이었던 작품을 열흘 안에 완성시켜 드리겠습니다, 선생님, 계산상 열흘 동안 삼십만 비트의 정보를 입력하면 의자는 구덩이 이십 센티미터 앞에서 멈춥니다. 물론 그냥 키보드를 두드린다고 되는 게 아니에요, 무의미한 정보는 기계가 거부합니다. 반드시 쓸 수 있어요. 지금까지 제가 눈여겨 보아 이곳에 데려온 작가들 가운데 예측이 빗나간 사람은 한 명도 없습니다. 다들 완수해내고 거대한 성공을 거머쥐었어요."

나는 작가의 두 눈동자에 또다시 번득거리는 빛이 깃들더니 책상 위 사진을 노려보는 것을 목격했다. 다음 순간, 마스코는 키보드에 손을 뻗어 주저 없이 제목을 입력했다.

"극락 하이웨이"라고.

4

구 년이 지난 지금도 나는 그날 밤의 일을 뇌리에 선명하게 재현할 수 있다. 그리고 떠올릴 때마다 한 달 간격으로 내는 책마다 오십만 부를 돌파하는 괴물 같은 베스트셀러 작가, 마스코 신지의 탄생에 함께 자리한 행운에 감사했다.

위대한 베스트셀러 작가 마스코의 첫 번째 작품, 『극락 하이웨이』가 완성되기까지의 열흘은 악몽 그 자체였다. 후지와라의 최면술에 걸렸는지 마스코는 엄청난 기세로 글을 쓰기 시작했지만 다섯 시간쯤 지나자 가벼운 공황장애를 일으켰다. 과거에 경험한 적 없는 속도로 글을 쓰고 있는데 의자가 책상과 함께 계속 후퇴하고 있다는 사실을 깨달았기 때문이다. 이래서는 절대 살아남지 못한다, 기계 설정을 바꿔달라는 호소를 편집장은 일축했다. 마스코는 체념하고 다시 글을 쓰기 시작했지만 이번에는 한 시간도 지나지 않아 자고 싶다, 하다못해 자는 동안에는 정지시켜달라고 외쳤지만 후지와라는 괜찮다며 잠이 깨도록 커피와 야식으로 핫도그를 가져다줄 뿐이었다. 그런 뒤 우리는 옆에 있는 편집자용 대기실에서 휴식을 취했다.

아침이 오자 후지와라는 나를 내보냈다. 뒷일은 자기가 챙기겠다며. 그는 사흘 동안 출장으로 처리되어 있었던 것이다. 끔찍한 수라장에서 해방되어 한숨 돌린 것도 잠시, "매일 오후 2시, 8시에는 여기로 내려와"라는 명령을 받았다. 하루 두 번의 임무는 날이 갈수록 끔찍한 고통으로 변해갔다.

후지와라와 교대하기 위해 지하로 향하는 '출장'을 지시받은 나흘째부터 열흘째 되는 날까지 일주일은 특히 힘겨웠다. 새빨갛게 충혈되어 증오의 불꽃이 이글거리는 눈으로 키보드를 두드리는 마스코를, 눈물과 침을 흘리는 마스코를, 머리카락을 쥐어뜯으며 다음 문장을 찾는 마스코를 보는 것은 내 몸을 깎아내는 느낌이었다. 마스코는 몇 번 패닉에 빠져 내게 욕설을 퍼붓거나 사전을 집어던지기도 했지만 글쓰기를 포기하지는 않았다. "단식 파업을 할 테다", "어차피 허풍일 게 뻔해. 이런 기계는 속임수야"라고 외치며 후지와라와 나의 처사를 저주하면서도 소설이 경이로운 속도로 진행되는 것만은 부정할 수 없었기 때문이리라.

『극락 하이웨이』의 뛰어난 완성도에 우리는 깜짝 놀랐다. 연속으로 독자의 예상을 통쾌하게 뒤집는 전개, 파괴적인 개그의 연발, 몸이 저릿한 속도감. 모든 면에서 완벽해서 편집자로서는 감격스러울 따름이었다. 열흘째 되는 날 심야에 작품을 탈고한 순간, 후지와라와 나는 영혼이 빠져나간 빈껍데기처럼 변한 마스코에게 달려가 얼싸 부둥켜안고 걸작의 완성을 축복했다. 그리고 셋 다 쏟아지는 눈물에 목이 멨다. 의자는 구덩이를 육십 센티미터 남겨두고 멈춰 있었다.

지옥 같은 열흘로부터 한 달도 지나지 않아 마스코가 "한 번 더 그걸 이용해 소설을 쓰고 싶다"고 부탁했을 때, 나는 놀라면서도 감격했다. 그리고 둘이서 새로운 기적의 창조에 임했다. 그렇다. 『극락 하이웨이』가 발매되자마자 폭발적인 판매를 기록하며 업계를 뒤흔들었을 때, 마스코는 다음 걸작을 쓰기 위해 지하의 '글 쓰는 기계'에 앉아 피땀을 흘리고 있었던 것이다. 그렇게 써낸 것이 밀리언셀러 『길고도 지루한 폭풍우의 밤』이라는 사실은 굳이 말할 필요도 없으리라.

결국 그는 그 방에서 다섯 편의 장편을 썼다. 그리고 스스로 '글 쓰는 기계'로 변신했던 것이다.

지난 구 년은 길고도 짧은 세월이었다. 그사이 마스코는 일본에서 가장 대중적인 작가가 되어 명성과 거대한 부를 얻었다. 작품이 영화화되었을 때 만난 아름다운 인기 배우와 결혼해 세간의 부러움을 사기도 했다. 그의 인기는 국내에 머물지 않고 세계 14개국에서 번역서가 출판되었다. 신작 영화화 판권을 두고 할리우드에서도 문의가 빗발칠 정도였고 시놉시스 단계에서 막대한 선인세를 제시받았다. 겨우 구 년 사이에 인생은 이리도 극적으로 변할 수 있단 말인가.

마스코 신지의 파죽지세는 멈출 줄 모르고 두 달에 한 권 속도로 베스트셀러를 세상에 내놓고 있다. 철인이라 표현할 수밖에 없다. 일본에서도 손꼽는 부자가 되었으니 이제 그만 악착같이 일해도 되지 않느냐고 말하는 이도 있었지만 마스코는 펜을 내려놓을 줄 몰랐다. "모처럼 사로잡은 독자를 한 사람이라도 놓치고 싶지 않다"는 것이 본인의 말이었다. "내 책만 읽어주면 좋겠다. 다른 사람이 쓴 책을 읽을 시간을 주고 싶지 않다"는 말은 다들 농담으로 받아들였지만 어느 정도는 진심이 아닐까 하는 생각도 든다.

후지와라가 살아 있었다면 얼마나 기뻐했을까? '어때, 내 안목은 틀림없지?' 하고 자랑했을 게 분명하다. 술에 취해 차에 치이다니, 그 훌륭한 백락도 억울했으리라. 결국 후지와라는 마스코의 책이 세 권 연속으로 크게 히트친 것밖에 보지 못하고 세상을 떠났다. 그가 살아 있었다면…….

"겨우 도착했네요, 구리야마 씨."

사카모토의 말에 정신을 차렸다. 고개를 들자 마스코의 궁전이 대각선 앞쪽의 초록빛 숲 사이로 보였다. 몇 번을 봐도 깜짝 놀랄 정도로 어마어마한 규모의 호화로운 저택이다. 이런 깊은 산속까지 건설 자재를 운반하는 것만 해도 큰일이었으리라.

문 앞에서 차에서 내린 우리는 세 시간 후에 데리러 오라고 운전사에게 부탁하고 택시를 돌려보냈다.

"우와, 이게 마스코 궁전인가. 대단하네. 완전히 성이잖아요?"

젊은 부하는 흥분을 억누르지 못하는 눈치였다. 천하의 마스코 신지가 사는 궁전을 방문한다는 사실에 들떠 있는 것이다.

"어린애처럼 까불지 마. 마스코 선생님이 까다로운 분이라는 건 자네도 들었잖아. 옛날엔 세상 물정 몰랐지만."

"아, 그렇다면서요. 하지만 썩어날 만큼 돈을 벌어도 멈출 줄 모르는 '글 쓰는 기계'잖아요? 보통 사람하고 다른 것도 당연하죠. 그 선생님을 '글 쓰는 기계'로 만든 게 구리야마 씨라면서요. 존경합니다."

사카모토는 우리 회사 지하 2층에 있는 또 하나의 '글 쓰는 기계'의 존재를 모른다. 아직 알려주지 않았다. 그가 과연 그것을 이용해 제2의 마스코 신지를 만들 기량을 가지고 있을까, 나는 아직 판단을 보류하고 있다. 어설픈 각오로 다룰 수 있는 도구가 아니다.

초인종을 누르자 한참 지나서 문이 열렸다. "먼 걸음 하셨습니다" 하고 맞이해준 사람은 부인이었다. 배우는 이미 은퇴했지만 지성적이고 다소 차가운 미모는 전혀 녹슬지 않았다. 사모님이 직접 맞이해준 것이 송구스러워 고개를 깊이 숙였다. 사카모토는 나를 따라 인사하면서도 부인의 미모에 얼이 빠진 것 같았다.

"정말 죄송하지만 남편이 아직 일을 하고 있어요. 예상외로 잘 안 풀리는 모양이라. 잠시 기다려주시겠어요?"

"당연히 기다려야지요." 나는 즉각 대답했다. "만약 상황이 여의치 않으면 다시 찾아뵙겠습니다."

"그건 번거로우시죠. 게다가 타고 오신 차를 돌려보내셨잖아요?"

우리는 응접실에서 기다리기로 했다. 도우미를 몇 사람이나 쓰고 있을 텐데 부인이 직접 커피를 타서 내주었다. 이 커피가 또 굉장히 맛있었다.

얌전히 기다렸다. 삼십 분이 지나고, 한 시간이 지나도 마스코는 나타나지 않았다. 부인은 몇 번 고개를 내밀어 "죄송해요" 라고 사과하고 커피를 새로 내주었다.

한 시간 반이 지났을 때, 부인이 나를 손짓으로 불렀다. 수상쩍게 여기는 사카모토를 남겨두고 복도로 나가니 부인이 작은 목소리로 말했다.

"아직 잘 안 풀리는 것 같아요. 그래서 작업실로 와주지 않겠느냐고 하네요. 구리야마 씨만."

잡지 편집자가 화보 페이지 기획으로 선생의 서재 풍경을 찍고 싶다고 요청한 적이 있었지만 마스코가 "작업실에는 내 모든 것을 이해해주는 아내만 들인다"고 단호하게 거절했다고 들었다. 그곳을 들여다볼 수 있다니 요행이었다. 하지만 어째서 나 혼자만 오라는 걸까?

뜻밖에도 작업실은 지하실이라 했다. 부인의 안내로 콘크리트 계단을 내려갔다. 그러자 어디선가 희미한 기계음이 들려왔다. 무슨 소리라고 딱 집어 말할 수는 없지만 귀에 익은 소리가. 이건, 분명…….

계단을 내려가자 두 개의 문이 나란히 있었다. 부인은 그중 한쪽을 가리키며 "들어가세요"라고 말하고 자리를 피했다. 내가 마른침을 삼키고 문을 열자, 안에는 예상과 똑같은 광경이 펼쳐졌다.

"여, 구리야마. 이번 신작 미팅, 미안하지만 다음주 중반으로 미룰 수 없을까? 모처럼 찾아와줬는데 오늘은 안 되겠어. 미안,

미안."

그런 건 아무래도 괜찮다. 어째서 마스코는 저 지옥 같은 기계에 앉아 일을 하고 있는 거지? 누가 강요한 것도 아닐 텐데. 아니, 애초에 어째서 여기에 그 '글 쓰는 기계'가 있지? 마스코가 직접 이걸 발주했나? 설마…….

"자네 회사에 있는 기계는 요새 어때? 거기 앉히고 싶은 유망주는 있어? 없다면 섭섭한데."

그렇게 떠들면서도 마스코는 맹렬한 속도로 키보드를 두드리고 있다. 입가에는 희미한 미소가 서려 있었다. 나는 오싹했다.

"제정신입니까, 마스코 선생님? 어째서 지금도 이런 기계를 쓰는 겁니까? 이미 졸업했잖아요?"

그가 앉은 의자 바로 뒤에, 검은 구덩이가 입을 쩍 벌리고 있었다. 구덩이에 가까이 다가가 들여다보니 희미하게 보이는 그 바닥은, 아득히 멀었다. 나는 눈물이 날 것 같았다.

"선생님. 저희 회사 지하 구덩이에는 만일의 경우를 생각해 안전망을 설치해놓았습니다. 말씀드린 적은 없지만 그 정도 안전장치는 당연하잖습니까. 그런데, 그런데 선생님이 만든 이건……."

그런 말은 마스코의 귀에 들리지 않는 듯했다. 작가의 손가락은, 키보드 위에서 미친듯이 춤추고 있었다.

죽이러 오는 자

1

가느다란 초승달이 전봇대 어깨에 걸려 있다. 구스노키 유이치는 기분 좋게 터벅터벅 집으로 향하는 길이었다.

스테이크라니 몇 달 만에 먹어봤을까? 그렇게 두껍고 육즙이 넘치는 고기를 얻어먹다니, 가정교사도 제법 할 만하다.

그나저나 부모란 쉬운 존재다. 아이 성적이 고작 그 정도 올랐다고 마치 고목에 꽃이 핀 것처럼 법석을 떨다니. 보너스 만 엔에 최고급 스테이크까지 대접받았다. "이것도 구스노키 선생님 덕분이에요. 아들과 저희 모두 감사하고 있습니다"라고 부모가 꾸벅꾸벅 고개를 숙이기에 "아이고, 다카시가 노력한 결과죠. 저는 다카시가 진지하게 임하도록 도왔을 뿐이고"라고 차분하게 대답했을 때는 은근한 쾌감마저 들었다.

겸손을 떤 건 아니다. 이번 기말시험 성적이 오른 것은 정말 유이치가 가르치는 다카시가 열심히 했기 때문이다. 다만 다카시가 노력한 이유는 유이치의 지도가 거둔 성과가 아니라 같은 반 여학생을 좋아하게 되었기 때문이다. 연애를 향상심으로 연결 짓다니, 훌륭한 마음가짐이다. 짝사랑 상대는 아마 우등생이리라.

"기특하기도 하지. 나보다 훌륭해, 그 녀석."

유이치는 불쑥 혼잣말을 흘린 뒤 중학교 2학년 제자가 훌륭해 보이면 어쩌나, 하고 쓴웃음을 흘렸다. 이쪽은 아르바이트에 쫓기느라 유급은 따놓은 당상이다.

단골 편의점이 보였다. 가로등이 띄엄띄엄 있어 어둑한 밤길에 그곳만 환하니 밝다. 내일 점심거리를 마련할까 싶어 들어가려다가 미리 사둔 컵라면이 아직 남아 있다는 것을 기억해내고 그대로 발걸음을 돌렸다.

그때, 시야 한구석에 뭔가가 걸렸다. 누군가가 그가 지나온 전봇대 그늘에 슬그머니 몸을 감춘 것처럼 보인 것이다. 어라 싶어 쳐다보았지만 어두워서 사람 그림자는 보이지 않았다. 떠돌이 개라도 있었나 하고 유이치는 별생각 없이 맨션을 향해 걸음을 뗐다. 보금자리로 돌아가 읽다 만 셀린의 책을 펼치려면 아직

칠 분은 더 걸릴 것 같다.

모퉁이를 돌자 오십 미터쯤 이어지는 쇠락한 상점가. 옆 동네에 대형 슈퍼가 생긴 뒤로 손님들 발길이 뚝 끊겼고 불경기까지 거들어 낮에도 셔터를 내린 가게가 눈에 띈다. 낮에도 그런데 밤 10시니 주변은 묘지처럼 어둡고 쥐죽은듯 고요했다.

상점가 한복판을 지났을 즈음 갑자기 강렬한 요의를 느꼈다. 조금만 더 빨리 찾아왔다면 편의점 화장실을 빌려 썼을 테고, 조금 늦게 찾아왔다면 맨션으로 서둘러 돌아갔으리라. 그의 옆에는 좁은 골목길이 있었다. 마치 '자, 여기서 끝내'라고 말하듯이. 유이치는 망설임 없이 저속한 유혹을 따르기로 했다.

큰길에서 몸을 감출 수 있는 곳까지 들어가 볼일을 보았다. 등뒤에 인기척을 느낀 것은 안도의 한숨을 내쉬며 청바지 지퍼를 올리려는 순간이었다.

천천히 뒤를 돌아보니 덥수룩한 머리카락에 왜소한 중년 남자가 서 있었다. 어두워서 생김새나 표정은 알아볼 수 없었다. 남의 집 옆에서 소변을 보다니, 하고 호통을 들을까 봐 움츠러들었지만 상대는 오싹하게도 아무 말도 없었다.

"아, 죄송합니다."

심상치 않은 분위기에 일단 사과했다. 남자는 잠자코 그에게 한 걸음 다가섰다. 철렁한 유이치는 몸을 돌려 방어 자세를 취하려 했지만 한발 늦었다.

남자는 뭔가를 쥔 오른손을 머리 위로 똑바로 치켜들더니 주저 없이 내리꽂았다. 정수리에 딱딱한 물체가 파고드는 것을 의식한 순간, 유이치는 이 세상에 작별을 고하고 있었다.

◇◇◇

우에스기 고이치 선생님께

전략前略.

갑작스런 편지에 놀라셨지요.

팬레터라는 걸 써보는 게 난생처음이라 굉장히 긴장됩니다. 일기는 꼬박꼬박 쓰고 있는데 편지는 친구에게도 제대로 써본 적이 없어서요.

저는 도쿄 도내 고등학교에 다니는 2학년 학생입니다. 지난주에 갓 열일곱 살이 되었어요. 문예부 소속입니다. 선생님 소설을 읽고 깊은 감명을 받았습니다. 말이 문예부원이지 초등학생 때부터 독서 감상문을 너무 싫어해서, 내용을 제대로 갖춘 글을 쓰지 못한다는 건 잘 알지만 그래도 진짜 팬이라는 사실을 어떻게든 전하고 싶어서 이렇게 서툰 편지를 쓰고 있습니다.

제가 처음 읽은 선생님의 소설은 『장미 손가락』입니다. 자주 가는 헌책방에서 발견하고 장미(선생님 덕분에 사전을 찾지 않아도 薔薇라는 한자를 쓸 수 있게 되었습니다)에 '쇼비'라는 발음 표기가 붙어 있어 '어, 장미를 이렇게도 읽나?◆' 하고 깜짝 놀란 것을 계기로 손에 들었습니다. 장미 가시라면 알겠지만 장미(몇 번이나 쓰려니 역시 획이 많아 귀찮은 글자네요) 손가락이라니, 이상하게 여긴 탓도 있을지 모릅니다.

책장에서 꺼내보니 새까만 표지에 붉은색으로 제목이 적혀 있을 뿐(검정색도 붉은색도 굉장히 선명하고 예뻤습니다). 페이지를 팔락팔락 넘겨보았지만 어떤 이야기인지 전혀 모르겠더군요. 표지에도 줄거리 소개는 없었고, 어려운 글자가 빼곡히 차 있어 벅차 보이는 책이라 그냥 내려놓으려 했지만…….

어째서일까요. 제대로 설명할 수는 없지만 이건 굉장한 소설일지도 모른다는 예감이 전류처럼 몸속을 치달았습니다. 값을 보니 오백 엔. 아르바이트비가 들어온 참이라 지갑에 여유가 있어 그 정도라면 괜찮을 것 같아 계산대로 향했습니다.

집으로 돌아와 자기 전에 침대에서 읽어보니 글쎄 엄청나게 재미있더라고요(직접 쓰신 분께 이런 말을 하는 것도 이상한가요?). 거

◆ 일본어로 장미는 흔히 '바라'라고 읽지만 한자음으로 읽을 때는 '쇼비'가 된다.

울에도 비치지 않는다는 주인공이 가진 고독의 깊이는 가볍고 나태한 나날을 보내는 제게는 정말로 몸이 떨릴 정도로 두려운 것이었습니다.

아아, 역시 제대로 된 감상을 못 쓰겠어요. 소설의 저자에게 편지를 쓰다니, 무모했습니다. 어쨌거나 대단한 소설이라는 점만은 저 같은 사람도 잘 알 수 있었습니다.

제3장 마지막, 주인공의 손톱이 휙 벗겨지면서 쌀알처럼 작은 장미 꽃봉오리가 철철 흘러나오는 부분은 스무 번 넘게 읽고 또 읽었어요. 그렇게 읽으면 아무리 훌륭한 문장으로 씌어 있어도 질려서 시시해질 법도 한데 언제 읽어도 처음 읽었을 때의 충격이 옅어지지 않는 게 너무나 이상합니다. 황홀합니다. 아아, 너무나 굉장해요…….

다음으로 『가라앉는 성채』를 읽을 거예요. 같은 헌책방에서 발견해 팔리지 않게 책장 안쪽에 숨겨놓았는데 내일 사러 갈 겁니다. 다 읽으면 또 편지를 쓸지도 몰라요.

정말 서툴기만 한 팬레터라 죄송합니다. 꼭 편지를 쓰고 싶었고, 몇 번을 고쳐도 크게 나아지지 않을 테니 이대로 우체통에 넣겠습니다.

읽어주셔서 고맙습니다.

글씨도 문장도 서툴러서 죄송합니다. 앞으로도 계속 읽을 테니 부디 너그러이 봐주세요.

그럼 건강 조심하시고 힘내세요. 이만 총총.

6월 3일

도미자와 아이

◇◇◇

6월 3일(수) 흐림

난생처음 팬레터를 썼다. 우에스기 선생님께.

책 판권 페이지에 실려 있던 출판사 주소로 보내서 제대로 전달될지 조금 걱정스러웠지만 선생님이 어디 사는지 모르니 그 방법밖에 없다.

제발 출판사 사람이 선생님께 보내주기를.

혹시 답장이 오면 어쩌지?

뭐, 그럴 리 없겠지. 평범한 서점에서는 책을 찾아볼 수 없는 작가니 바빠서 쓰지 못할 리는 없겠지만 팬이 보낸 편지에 '정말 고맙구나'라고 답장을 쓸 타입은 아닐 것 같다. 그냥 느낌일 뿐이지만. 굉장히 까다로운 기인이길 바라는 내 마음 때문일지도.

하지만 답장은 받고 싶다. 우에스기 고이치가 나만을 위해 써준 문장을 갖고 싶다. 하하, 모순이네.

그나저나 우에스기 고이치가 얼마나 대단한지 호소해도 아무도 거들떠봐주지 않는 게 불만스럽다. 다들 보는 눈이 없어. 시시해, 너희들. 추리소설이나 유치한 판타지에만 정신이 팔려서는, 그래도 문예부원이야?

2

이쿠타 하쓰코는 수화기를 내려놓고 피곤하다는 듯이 허리를 쭉 폈다. 전화가 걸려 온 게 10시 전이었다. 이미 날짜가 바뀌려는 참이니, 두 시간 가까이 붙잡혀 있었던 셈이다. "하쓰코? 좀 들어봐." 그렇게 말하는 친구의 첫마디를 들었을 때부터 이리 될 줄은 예상했지만.

처음 삼십 분은 흔한 업무 관련 불평이었다. 썩 잘 풀리지 않는 모양이다. 원활한 학급 운영에 방해만 되는, 산더미처럼 쌓인 영양가 없는 잡무에 대한 욕설이 한 바가지, 교장의 전횡과 교무주임의 무능함에 대한 욕설이 한 바가지, 그런 상황을 개선하기는커녕 유유낙낙 맹종할 뿐인 동료에 대한 욕설이 한 바가지. 더욱이 말귀도 못 알아듣고 무례한 제자들과 그 부모들에 대해 "세상에는 구제불능인 인간들이 있어" 하고 한바탕 투덜거렸다.

하쓰코는 "그렇구나" 또는 "힘들겠네" 하고 맞장구밖에 칠 수 없는 화제였다.

그게 일단락되자 이번에는 다섯 살 연상 남자 교사가 혼자 착각해서 일이 묘하게 됐는데 어쩌면 좋을지 모르겠다는 고민 상담으로 흘러갔다. 전문대 시절에 비슷한 일로 긴 전화를 받은 적이 있다. 정말 난처하다면 조금은 진지하게 들어줄 수도 있다. 하지만 이 친구의 경우 남자가 들러붙을 만한 매력이 있다는 사실을 과시하려는 것 아닌가 싶은 구석이 있어, 하쓰코는 진지하게 귀를 기울일 마음이 들지 않았다. '그런 건 네가 원하는 대로 하면 되잖아'라고 확실하게 대답할 수 있다면 좋겠지만 그게 영 어렵다. '냉정하네' 하고 토라질 테니까. 다루기 힘든 친구다. 이렇게 정서가 불안정한 사람이 초등학교 교단에 서도 되는 걸까, 의문을 느낀 적도 있다.

내가 적당한 조언을 해줄 새도 없이 상대는 화제를 갑자기 바꾸어 두 사람의 공통 친구가 근무처에서 상사와 질척한 불륜 관계에 빠졌다는 이야기를 활기찬 목소리로 쏟아냈다. 아무래도 고뇌에 빠진 친구가 전화로 상담한 내용을 그대로 하쓰코에게 전하는 듯했다. 그런 짓을 하면 자기 신용이 얼마나 실추될지 상상도 못 하겠지.

혼자 실컷 떠들고 스트레스가 풀렸는지 통화한 지 한 시간 반쯤 지났을 때야 겨우 "그나저나 넌 별일 없어?"라고 근황을 물어왔다. 곁다리인 게 뻔히 보이는 능청스러운 질문이었다. 어지간히 지친 하쓰코가 "똑같지 뭐"라고 대답하자 "그거 다행이네"라는 웃기지도 않은 대답이 돌아왔을 뿐이다. 이쯤 되니 한심하게 느껴져서 "감기 기운이 있어서 그만 자야겠어" 하고 다소 일방적으로 끊었다.

고행에서 해방된 하쓰코는 냉장고에서 꺼낸 우유팩과 유리잔을 들고 옆방으로 이동했다. 그리고 책상에 앉아 컴퓨터를 켜면서 차가운 우유를 벌컥벌컥 마셨다. 얼마 전 여름 보너스로 산 그 컴퓨터에는 『폭풍의 언덕』에서 딴 히스클리프라는 멋진 이름이 붙어 있었다.

빨리 히스클리프를 만나고 싶었다. 전화만 오지 않았다면 10시에는 인터넷에 들어갈 수 있었다. 아아, 겨우 시작할 수 있다.

인터넷은 정말 즐겁다. 아직 시작한 지 얼마 되지 않아 낯선 사람들과 채팅을 하거나 게시판에 글을 쓰는 건 무서워서 엄두가 나지 않는다. 재미있어 보이는 홈페이지를 둘러볼 뿐이지만, 당분간은 그것만으로도 질리지 않을 것 같았다. 이 갑갑한 방에 무수한 창이 열린 것 같아 설렜다. 가벼운 인터넷 중독이겠지. 하지만 이 정도는 귀여운 취미다.

즐겨찾기에 넣어둔 마음에 드는 사이트는 전부 스무 개. 먼저 그 사이트들을 한차례 둘러보는 게 일과였다. 그녀가 재미있게 보는 건 요즘 학생이나 주부들이 아무 말이나 갈겨쓰는 일기다. 대개는 일기를 쓴 본인 외에는 관심도 없을 글이지만 이따금 묘하게 끌리는 게 있었다. 소리 높여 뭔가를 주장하는 것도 아닌데, 여기저기서 묻어나는 필자의 사고방식이 그녀와 기분 좋게 일치하는 일기. 그런 게 수십 개에 한 개 정도 된다. 인간을 관찰하기에 가장 좋은 소재로, 서툰 소설보다 훨씬 얻는 게 많다.

푹 빠져서 모니터 화면을 들여다보는 사이 순식간에 한 시간이 지났다. 인터넷 서핑을 하다 보면 시간이 쏜살같은 속도로 지나간다. 낮에 회사에서 업무할 때의 몇 배나 되는 속도로.

잠깐 쉬자. 따뜻한 것도 마시고 싶으니.

컴퓨터를 절전 모드로 바꾸고 커피를 끓이려고 주방으로 들어갔을 때, 검은 그림자가 달려들었다. "꺄악!" 비명을 지르며 몸을 피했지만 딱딱한 물체에 오른쪽 어깨를 맞아 격통이 퍼졌다. 다리가 꼬여 바닥에 쓰러졌다.

낯선 남자가 그녀를 굽어보고 있었다. 자다 일어난 것처럼 흐트러진 머리카락의 중년 남자였다. 하쓰코의 성대는 극도의 공포로 기능이 정지되어 누구냐고 묻지도, 도움을 청하지도 못했다.

이런 사람이 어째서 집안에 있지? 언제 어디로 침입한 거지? 설마…….

문단속을 하지 않았다. 발코니로 나가는 문을 잠그지 않았다. 남자는 그곳으로 숨어든 것이다.

"도, 돈이라면……."

테이블 위에 올려둔 지갑을 가리키며 돈이라면 주겠다고 말하고 싶었지만 혀가 마비된 것처럼 움직이지 않았다. 남자는 분명히 지갑을 흘깃 쳐다보았지만 바로 하쓰코에게 시선을 돌렸다.

강도가 아닌가? 돈을 노린 게 아닌가? 나를 해치는 게 목적인가? 설마, 그런…….

남자가 오른손을 치켜들었다. 손에 든 뭔가가 어두운 빛을 발했다.

죽는구나. 그렇게 생각했다. 하지만 자기가 어째서 살해당해야 하는지, 마지막 순간까지도 하쓰코는 이해할 수 없었다. 살인자의 정체마저도.

◇◇◇

우에스기 고이치 선생님께.

배계拜啓.

초여름 햇살이 눈부신 계절이 되었습니다. 선생님은 어떻게 지내시나요?

저를 기억하시나요? 정확히 한 달 전에 블랙쇼인 출판사 앞으로 편지를 보낸 고등학생입니다.

먼저 보낸 편지에서는 여러모로 실례되는 말을 써서 정말 죄송했습니다. 베껴두지 않아서 기억이 흐린 부분도 있지만 어쨌거나 무례한 편지였다는 건 틀림없습니다.

'전략'이나 '이만 총총'이 가까운 사이에 쓰는 표현이라는 걸 최근에 알게 되어 너무 부끄러웠습니다. 분명 지난번에 '전략'으로 시작되는 편지를 보냈던 것 같습니다. 기분 상하셨다면 죄송합니다.

선생님 책을 헌책방에서 샀다느니, 헌책방에서 살 거라느니, 그렇게 쓴 것도 반성하고 있습니다. 일일이 헌책방이라고 쓰다니 비아냥거린다고 생각하신 건 아닌지요? 절대 그런 의미가 아니라 고등학생인 제 행동반경이 좁아서 그런 것뿐이니 웃어넘겨주세요. 그 밖에도 선생님 작품에 대해 건방진 소리를 한 게 기억납니다. 편지도 제대로 쓸 줄 모르는 어린애가 무슨 소리를 하는 거냐고 화나지는 않으셨는지 이제 와서 걱정이 됩니다.

아아, 계속 잘못했다는 말뿐이네요. 물론 결례를 사과드리고 싶었지만 그 이유만으로 두 번째 편지를 쓰는 건 아닙니다.

『가라앉는 성채』를 읽었습니다. 훌륭한 작품이었어요. 이번에도 정작 하고 싶은 이야기를 하려니 내용 있는 문장을 쓸 줄 몰라 애가 타지만, 이런 고등학생에게도 굉장한 작품이라는 사실만은 전달되었다고 생각해주세요. 그 소설을 읽은 감격을 저는 평생 잊지 못할 거예요.

우오즈 앞바다에 떠 있는 거대한 천수각. 그 잿빛 그림자를 선생님은 진짜로 보신 거지요. 수직으로 가라앉은 채 지금도 물밑에 성난 모습으로 솟아 있는 성, 그것을 지키기 위해 지어진 장대한 방루도, 분명 또렷하게 보면서 그 소설을 쓰셨겠지요.

도서관에서 선생님의 책을 찾다가(거듭 죄송합니다. 행동반경 안에 있는 서점에서는 찾을 수가 없어서……) 어느 문예지에 선생님을 다룬 평론이 실려 있는 것을 발견했어요. 너무 난해해서 그런 내용에 익숙하지 않은 제게는 온통 이해할 수 없는 문장뿐이었지만 "환시자 우에스기 고이치"라는 문장에는 충격을 받았습니다.

그렇구나. 우에스기 선생님은 평범한 사람들이 볼 수 없는 환상을 영화처럼 뚜렷하게 보는 힘을 가졌구나. 그래서 한낱 보통 사람인 내 마음이 이렇게 떨리는 거구나, 그렇게 생각했지만 겨우 그 한마디로 전부 이해했다고 받아들이는 것도 한심하지요. 선생님 소설의 무엇이 어떻게 제 마음을 움직였는지, 환상을 본다는 게 어떤 일인지, 제 나름대로 더 고민해보려 합니다.

폐만 될지 모르지만 다음에는 『동토의 축제』(도서관 사서에게 부탁해 찾아달라고 했어요)를 읽은 감상을 보낼 생각입니다.

이제부터 본격적으로 더워질 텐데(선생님께서 어디 사시는지 모르지만 설령 홋카이도라 해도 여름은 덥겠죠), 몸조심하시고 힘내세요.

삼가 올림.

7월 3일

도미자와 아이

◇◇◇

7월 3일(금) 비 온 뒤 맑음

시험공부를 할 때가 아니다. 우에스기 고이치의 소설에 빠진 탓에 더 그렇게 생각하는 것이리라. 그 매력 앞에서는 여러 가지가 빛을 잃는다. 그런 소설은 역시 마약이랄까, 아니 독약일지도 모른다.

시험이 끝나고 임시 방학에 들어가면 쓰려고 했는데 참지 못하고 두 번째 팬레터를 썼다. 답장은 기대하지 않지만 하다못해 제대로 받았는지만이라도 알고 싶다.

그나저나 지난주 욧치가 데려왔다는 남자애, 다들 신나서 떠들던데 정말 잘생겼을까? 계속 어긋나서 아직 만나보지 못했다.

소설가를 지망하는 남자는 음침한 성격이 많아 멀쩡한 사람을 못 봤는데…….

3

파란 비닐 시트가 구경꾼들의 시선을 막고 있는데 둑 위에는 인근 주민과 통행인들이 스무 명 가까이 늘어서서 이쪽을 굽어보고 있었다. 통근, 통학하던 사람들도 걸음을 멈춘다. 지역 방송국 비디오카메라와 '눈'이 정통으로 마주친 기분이 들어 사이토는 고개를 획 돌려 시트 뒤로 돌아갔다. 안에서는 아직 사진반이 열심히 플래시를 터뜨리고 있다.

"깔끔한 일격이야. 딱 한 대밖에 때리지 않았어. 프로의 솜씨야."

몸을 숙이고 시신을 살펴보던 검시관이 칭찬하듯 말했다.

사이토는 그 옆에서 나란히 몸을 숙이고 시신의 오른쪽 두정부頭頂部의 열상을 보았다. 피해자의 머리숱이 적어 응고된 혈액 속에 두개골 조각이 섞여 있는 것도 보였다.

"대체 뭘로 때렸을까? 끝이 뾰족한 흉기는 아니야. 망치인가?"

검시관은 고개를 저었다.

"아니, 틀렸어. 흉기 단면은 둥글지 않아. 구형矩形이야."

"구형?"

"봐, 이 부분, 깔끔한 직각이잖아. 폭으로 보면 스패너에 맞은 상처와도 비슷하지. 특수한 공구를 사용했을 가능성도 있어. 아직 확답은 못 하겠네."

흉기는 아직 못 찾았다. 하천 부지 일대를 수색해도 나오지 않으면 강을 뒤져야 한다. 사이토는 일어나서 팔짱을 끼고 드문드문 자란 갈대가 바람에 흔들리는 강가를 바라보았다.

그때 "경감님" 하고 부르는 소리가 들렸다. 돌아보니 도모토가 한 손을 들고 이쪽으로 다가왔다. 덩치가 커서 마른 체격의 사이토보다 훨씬 형사처럼 보이는 검사였다. 잠이 부족했는지, 현장에 달려오려고 일찍 일어났는지, 눈이 벌겠다.

"오셨습니까. 오랜만입니다."

심각한 표정의 도모토는 그런 인사에 대꾸하지 않았다.

"이거, 큰 사건일지도 모릅니다."

시신 윗옷 주머니와 가방에 운전면허증과 수첩이 남아 있어 피해자의 신원은 알아냈다. 미타무라 가즈히사, 47세. 주소는 현장에서 도보 오 분 거리다. 근무처는 신주쿠 구내 광고 대리점. 회사에 연락해보니 독신으로 혼자 살고 있었다고 한다. 아무래도 피해자는 전날 오후 10시에 일을 마치고 귀가하는 길에 화를 당한 모양이다. 둑 위에서 습격을 받아 목숨을 잃고 가파른 경사 밑으로 굴러떨어져 하천 수풀 속에 떨어진 것으로 추정된다. 신문 배달 학생이 새벽에 발견할 때까지 시신은 어둠 속에 누워 있었다. 소지금이나 신용카드가 그대로 있는 것으로 보아 강도의 범행이라고 생각하기는 어려웠지만…….

"피해자의 배후에 뭔가 있습니까?"

"그런 게 아니에요. 아니, 배후에 뭔가가 존재할지도 모르겠네. 잘 모르겠습니다."

영 갈피가 없다. 도모토는 쓴웃음을 흘리며 "설명해드리겠습니다"라고 했다.

"지금 단계에서는 확실히 말할 수 없지만 이 살인과 관련성이 보이는 사건이 지금까지 몇 건이나 발생했어요. 그중 한 건은 가나가와 현내입니다. 팔월에 이소고에서 스무 살 된 가사도우미 여성이 살해당한 일이 있었잖아요. 친구를 만나고 돌아가다가 어두운 밤길에서 당한 무차별 범행이었죠. 머리에 일격을 가한 수법이 공통점입니다. 지갑에는 오만 엔이 그대로 들어 있었고 시신에 성폭행 흔적은 없었습니다."

"그 여성과 미타무라 가즈히사 사이에 접점이 있다는 건 아니지요?"

"그걸 철저히 조사해주셨으면 합니다."

도모토는 사이토의 눈앞에서 주먹을 쥐어 보였다. 어지간히 힘이 들어가 있다.

"관련성이 의심되는 부분이 있다면 철저히 조사하겠지만……. '그중 한 건은 가나가와 현내'라고 하셨죠. 그렇다면 다른 곳에서도 유사한 사건이 발생했다는 뜻입니까?"

맞습니다, 하고 도모토는 고개를 끄덕였다.

"전부터 소문이 도는 살인 사건이 있어요. 이소고 사건이 터진 시점에서 지검에서도 쑥덕거리기 시작했는데, 경감님 귀에는 들어가지 않은 모양이군요. 확실히 묘한 사건이 몇 건 있어요. 하지만 무차별 살인으로 보기에도 영 석연치 않아 판단하기가 어렵습니다."

"다른 사건이라는 건 어디서?"

"올 일월에 사이타마 현 이루마 시에서 한 건. 나머지는 전부 지방입니다."

도모토는 수첩을 펼쳤다.

"재작년 3월 30일에 미야기 현 센다이 시. 피해자는 오시이 미쓰토시, 19세 재수생. 여자친구와 데이트하고 심야에 귀가하는데 자택에서 겨우 오십 미터 떨어진 곳에서 습격당해 사망. 다음은 같은 해 10월 18일, 장소는 교토 부 쓰즈키 군. 피해자는 마쓰무라 요코, 35세 서점 직원. 일을 마치고 돌아오다가 자택 근처 주차장에서 동종 흉기, 동종 수법으로 살해. 세 번째는 작년 7월 19일, 아이치 현 나고야 시 미도리 구. 피해자는 구스노키 유이치, 22세 대학 3학년생. 가정교사 아르바이트를 마치고 돌아가는 길에 인적 없는 상점가 골목에서 동종 흉기, 동종 수법으로 살해. 그리고 반년의 공백을 두고 올해 1월 20일, 사이타마 현 이루마 시. 피해자는 오쿠보 요시코, 18세 고등학생. 역시 아르바이트를 마치고 돌아가는 길에 같은 수법으로 살해당했습니다. 그리고 8월 8일에 가나가와 현 요코하마 시 이소고 구. 피해자, 하마 미사요, 20세. 모든 수사가 난항을 겪고 있습니다. 피해자 주변에 동기라 부를 만한 걸 가진 사람이 없는 경우가 대부분이거든요."

사이토는 손가락을 꼽아가며 듣고 있었다. 전부 다섯 건.

"그리고 이번 사건입니까. 10월 12일, 가나가와 현 가와사키 시 다마 구. 피해자는 미타무라 가즈히사, 47세, 회사원. 전부 여섯 건. 정말 연쇄살인 사건이라면 엄청난 일인데요. 하지만……."

도모토가 말을 막았다.

"여섯 건이 아닐지도 모릅니다. 지금 말씀드린 건 전부 자택으로 돌아가는 길에 살해당한 경우거든요. 그 외에도 비슷한 흉기에 의한 미해결 타살打殺 사건이 세 건이나 됩니다. 첫 번째는 삼년 전 5월 26일, 후쿠오카 현 구루메 시. 피해자는 하라구치 마사토, 53세, 단체 임원, 두 번째는 작년 12월 14일 도쿄 도 오타구. 피해자는 미야모토 유미, 39세, 보습학원 경영자 겸 강사. 나머지 한 건은 올해 5월 20일, 치바 현 후나바시 시. 이쿠타 하쓰코, 23세, 회사원. 문화센터 사무원이었습니다. 이들 사건에서는 피해자의 자택이 살해 현장이었습니다. 범인은 전부 문을 강제로 열거나 깜빡하고 잠그지 않은 창문으로 침입했어요."

사이토는 자기 두 손을 보았다. 아홉 개의 손가락이 접혀 있었다.

"설마 하는 표정이군요."

"그야, 아무래도." 기가 막혀 쓴웃음을 지었다. "일본 범죄사에 남을 대량 살인입니다. 게다가 북으로는 미야기 현부터 남으로는 후쿠오카 현까지, 광역에 이르는 범죄. 이렇게 행동반경이 큰 무차별 살인마는 전대미문입니다. 그나저나 미해결 살인이 이렇게 많다는 것만으로도 못마땅하군요. 이들 사건의 피해자에게 공통점은?"

"찾지 못했습니다. 연령으로는 십 대, 이십 대, 성별은 여성이 약간 많은 느낌이지만 거기에 뜻이 숨겨져 있는지는 알 수가 없습니다. 태어난 곳, 자란 곳, 직업, 경력, 가족 구성, 거주 형태, 취미, 신앙 등 다 뒤져봐도 공통점을 찾을 수가 없어요. 그들이 어디선가 한자리에 모일 기회가 있었다거나, 인터넷상에서 교류가 있었다고 생각하기도 어렵습니다. 다만 이런 소리를 하는 사람이 있어요. 피해자들은 지적 수준이 일반보다 다소 높지 않은가."

사이토가 어리둥절한 표정을 지어서 그런지 도모토가 보충했다.

"피해자 중에 대학교수나 천재 소녀가 있는 건 아니지만 대체적으로 지적인 생활을 영위했던 모양입니다. 무차별 살인마가 무작위로 골랐다면 생활 습관이 조금 더 각양각색이어야 하지 않느냐는 거지요. 주관적인 인상에 지나지 않다고 일축할 수도 있지만요. 접점을 못 찾아내니 연쇄살인이라고 경솔하게 결론지을 수도 없어요. 하지만 이번 피해자의 신변을 조사해보면 예상도 못 한 요소가 떠오를지도 모르지요."

사이토의 가슴에 차츰 강한 흥미가 싹트기 시작했다.

"이건 일종의 지그소 퍼즐이군요. 주어진 조각은 아홉 개. 그걸 어떻게 연결하면 그림이 완성되는가. 아니, 지그소 퍼즐이라기보다 수수께끼인가."

"제가 우려하는 건 말입니다, 경감님, 이게 정말 연쇄살인이라면 범인은 거듭 범행을 저지를 가능성이 높다는 점입니다. 범인은 지금까지 꼬리를 잡히기는커녕 그림자조차 들키지 않았어요. 희생자 선택에 어떠한 법칙이 있다면 한시라도 빨리 찾아내야 합니다. 게다가…… 아무래도 일부 언론이 냄새를 맡은 눈치예요. 주간지 기자가 움직이기 시작했다는 정보가 있습니다. '일본 전국을 넘나드는 무차별 연쇄 살인마인가?'라는 기사가 떡하니 나온다면 지금 상태로는 긍정도 부정도 못 합니다. 그럼 큰일이죠."

도모토는 뭔가 더 말하려다가 입을 다물었다. 그리고 사이토의 어깨 너머로 둑 쪽을 눈짓했다.

"수사1과 과장님이 기세등등하게 납셨네."

4

우에스기 고이치 선생님께.

배계.

가을도 깊어 낙엽이 바스락바스락 아스팔트 위에 내려섰습니다. 선생님은 건강히 지내시는지요?

질리지도 않고 또 편지를 보냅니다. 지금까지 보낸 두 통의 편지가 무사히 선생님 손에 들어갔고, 선생님께서 저를 '아아, 그 어휘력 부족한 여학생인가' 정도로라도 기억해주시기를 바라며 쓰고 있습니다.

출판사에서 전에 보낸 편지를 선생님께 제대로 전달해주었을

지 아무래도 신경쓰여, 만일의 경우를 생각해 무사시노쇼보 출판사 앞으로 보내봅니다. 이번 편지를 블랙쇼인 출판사를 통해 보내지 않는 건 그런 이유입니다.

『장미 손가락』으로 선생님 소설에 빠진 뒤로 넉 달이 지났습니다. 『가라앉는 성채』를 읽었다는 건 전에 썼는데, 그후 『동토의 축제』와 『사슬』을 읽었습니다. 『동토의 축제』는 심리소설이라고 하던데 어려워서 저는 이해할 수 없는 부분이 많았습니다. 인생 경험이 빈약한 탓도 있겠지만 공부가 부족한 면이 클 테니 언젠가 반드시 다시 도전해보려 합니다.

저는 『사슬』이 더 재미있었어요. 시간 표현 방식이 독특해서 상당히 실험적인 작품이라고 생각하는데 제목과 달리 어딘지 모르게 폭신폭신한 느낌도 있어서, 그런 것도 정말 좋아요.

선생님 팬으로서 저는 고독했습니다. 문예부원은 물론이고 고문 선생님조차 선생님 소설을 읽지 않는(추천해도 읽어주지 않는) 날들이 계속되었는데 지난번 편지를 보낸 직후에 마침내 동지가 생겼어요. T라는 남학생입니다. 남자친구는 아니고 문예부 신입 부원이에요. 소설가를 꿈꾼다는 그 아이(꽤 잘생겼어요)는 굉장한 애독가라 "우에스기 고이치 알아?"라고 물어봤더니 "아아, 좋지" 하고 아무렇지도 않게 말하는 것 아니겠어요! "고고한 컬트 작가를 좋아하는구나? 고상하네"라고 해서 감격했습니다. 신랄하고 독설이나 내뱉는 건방진 녀석이지만 소설을 보는 눈만큼은 고등학생답지 않은 아이예요.

그후로 의기투합해 이런저런 대화를 나누는 일이 늘었는데, 그 아이가 선생님에 대한 정보를 몇 가지 알려주었어요. 컴퓨터나 워드프로세서를 사용하지 않고 반드시 손으로 원고를 쓰신다거나, 정원이 있는 단독주택에 살고 계신다거나, 편집자하고도 거의 얼굴을 맞대지 않는다거나, 전부 소소한 일들이지만 열렬한 팬인 제게는 선생님에 관한 정보가 늘어나는 게 기뻐요. 선생님이 쓰신 에세이를 읽고 알았다고 하더군요. 선생님께서 무기한으로 펜을 내려놓으신 지 벌써 삼 년 가까이 되었다고 들었는데, 하다못해 에세이라도 써주시길 바라봅니다.

선생님께 편지를 쓰고 있다고 말했더니 대항 의식 때문인지 T는 "나도 써볼까"라는 말을 했습니다. 조만간 그 애 편지가 선생님께 갈지도 몰라요.

그 애는 지금 선생님이 펜을 내려놓기 직전에 쓰신 작품 『거짓의 공원』을 읽고 있습니다. 다 읽으면 바로 제게 빌려주겠다고 해서 너무 기대되어요. 전부터 읽고 싶었거든요. 선생님이 펜을 내려놓으신 계기가 된 작품이고, 문제작이라는 이야기를 들은 적이 있어서요.

그럼 또 연락드리겠습니다.

건강에 유의하세요.

삼가 올림.

10월 27일

도미자와 아이

추신. T의 이름은 쓰지하라 쇼헤이라고 해요. 편지가 가면 '아아, 이 아이인가' 하고 생각해주세요.

◇◇◇

10월 27일(화) 맑음

방과후, 쓰지하라가 쓴 소설을 처음 읽어보았다. 솔직히 자기만족이 묻어나 재미있다는 생각은 들지 않았다. 감상을 들려달라기에 "주제가 어려워서 난 잘 모르겠어"라고만 대답했다. 그렇잖아, 소설을 쓰는 사람은 자존심(솔직히 말해 편견)이 강하니 섣불리 말할 수 없는걸. 화제를 바꾸어 『거짓의 공원』에 대해 물었더니 "아직 절반밖에 못 읽었지만 소설이라는 측면에서는 무의미하게 망가진 작품이야" 하고 평론가처럼 젠체할 정도니까.

우에스기 선생님께 세 번째 편지를 썼다. 추신에 그만 쓰지

하라 이야기도 덧붙이고 말았다. 걔가 정말 선생님께 편지를 쓸까?

5

우에스기 고이치 선생님께.

배계.

아침저녁으로 날이 싸늘해졌습니다. 선생님은 건강히 지내고 계신지요?

네 번째 편지입니다. 또 다른 출판사 앞으로 보내봅니다.

저는 학교에서나 집에서나 그다지 내키지 않는 일이 연달아 일어나 조금 우울합니다. 선생님 옛날 작품을 찾아 읽으며 기운을 차리려 했지만 좀처럼 울적한 기분에서 벗어날 수가 없네요. 오늘도 우울한 일요일이었습니다.

그럴 때 읽어서 그런지 선생님의『거짓의 공원』도 전혀 이해할 수 없었습니다. 문제작이라는 건 잘 알고 있었지만 뭔가 망가진 소설 같은 느낌이라. 망가진 소설을 쓰려는 의도가 있었을지도 모르지만, 아무리 그래도…….

이 작품을 쓴 뒤에 선생님이 펜을 내려놓으신 이유를 알 것 같았습니다. 실례지만 선생님께도 불만이 남는 작품이었던 것 아닌가요? 이런 불확실한 감상을 늘어놓아도 전해지는 건 아무것도 없을지 모르겠네요. 이해하지 못했으면 감상도 써서는 안 될는지도 모릅니다. 하지만 역시 쓰게 되네요.

이상한 기분이에요. 『장미 손가락』이나 『가라앉는 성채』, 『사슬』 같은 작품은 제게 소중하기 그지없는 보물입니다. 그런데 역시 선생님이 쓰신 『거짓의 공원』 때문에 먼저 읽은 작품들의 빛마저 탁해지는 것 같아 항의하고 싶은 기분이에요. 이런 독서 경험은 처음입니다.

지난번 편지에 썼듯이 『거짓의 공원』은 친구 쓰지하라에게 빌렸습니다. 그 애도 저와 똑같은 느낌을 받았던 것 같아요.

참고로 『거짓의 공원』은 그 애가 간다의 고서점을 뒤져서 찾아낸 건데 옛 주인이 몇 군데 연필로 메모를 해놓았습니다. 마음에 걸리는 문장에 밑줄을 긋고 "?"나 "피상" 이런 식으로요. 소설책에 그런 메모를 하다니 별일이죠. 그 정도로 독자를 자극하는(짜증나게 하는?) 소설은 어떤 의미에서는 굉장할지도 몰라요.

일설에 따르면 이 소설을 집필했을 때 선생님은 심각한 노이로제에 시달리고 계셨다던데, 정말 그랬나요? 지금은 어떠세요?

만약 아직 상태가 좋지 않다면 빨리 완치하셔서 저희에게 또 멋진 작품을 보여주세요. 부탁드려요.

이번에는 유난히 무례한 편지가 되고 말았지만 부디 용서해주세요. 이런 것도 열렬한 팬레터라고 생각해주시면 좋겠어요.

그럼 건강에 유의하세요.

삼가 올림.

11월 1일

도미자와 아이

◇◇◇

"괴사건, 무차별 연쇄살인인가? 미싱 링크의 수수께끼, 일본 전국에 흩어진 열 개의 불가사의한 죽음"이라는 제목이 《주간 야마토》 지면에서 춤추었다.

11월 3일에 네리마 구에서 발생한 쓰지하라 쇼헤이라는 고등학생 살인 사건을 시발점으로 기획된 특집 기사였다.

6

11월 6일(금) 비

쓰지하라의 장례식으로부터 이틀. 아무것도 쓸 기력이 없다.

11월 7일(토) 맑음

욧치하고 파르코 백화점에서 쇼핑을 하고 돌아왔다.

쓰지하라 일로 위로를 받았다. 우리 관계를 오해하는 모양이다. 우에스기 고이치의 소설 이야기로 말이 잘 통했을 뿐이지, 그 애하고 사귀었던 건 아닌데.

하지만 물론 충격이다. 그건 욧치도 마찬가지겠지. 어째서 그 애가 무차별 살인마의 손에 죽어야 했는지, 전혀 모르겠다.

멍청한 주간지 기자가 학교 주변을 어슬렁거리는 게 짜증난다.

집 근처에서 왜소하고 머리가 덥수룩한 기분 나쁜 아저씨가 뒤를 좇아온 것 같았는데 그것도 짜증난다.

M이 F한테 가서 혼자 주말을 보낼 수 있다는 게 유일한 위안이자 기쁨이다. 그나저나 우리 M하고 F는 마흔 중반치고는 딸이 봐도 기가 막힐 정도로 깨가 쏟아진다. 회사도 단신 부임을 보내려면 좀더 금슬이 나쁜 사람을 보내면 좋을 텐데.

11월 8일(일) 맑음

오사카에서 전화. M은 내일 돌아올 모양이다. 문단속을 잘하라고 세 번이나 말했다. 걱정도 팔자다.

텔레비전이 재미없어 밤이 길다. 남자친구라도 있으면 집에 부를 절호의 기회인데. 쓸쓸하게 일기나 써야지.

마음에 걸려 주간지를 사 와서 읽어보니 쓰지하라의 머리에 난 상처는 "문진 같은 물체로 맞은 자국"이라고 한다. 문진에 맞아 죽다니, 무서워서 소름이 끼쳤다.

또 한 가지 소름끼치는 일은 '무차별 연쇄살인'으로 보이는 사건의 피해자 가운데 이쿠타 하쓰코라는 여성이 있다는 점. 그리 흔한 이름이 아닌데…….

쓰지하라에게 돌려주지 못한 『거짓의 공원』을 꺼내서 보았는데, 판권 페이지에 같은 이름의 도장이 찍혀 있었다. 오싹하다.

설마 이 책에 저주가 걸려 있어 읽은 사람이 차례대로 살해당하는 건 아닐 테지만.

수수께끼의 연쇄살인 피해자는 도호쿠, 간사이, 규슈 등 전국에 흩어져 있다. 우리집에 있는 책이 그렇게 넓은 반경을 이동했을 리 없다. 게다가 『거짓의 공원』이라는 소설을 읽은 사람이 살해당한다면 살인 사건은 열 건, 스무 건으로 끝나지 않을 것이다. 아무리 우에스기 고이치가 인기 없는 컬트 작가라 해도 천 권 단위로 찍었을 테니.

하지만 만약 피해자가 모두 같은 책을 읽었다면 경찰은 그걸 밝혀낼 수 있을까? 그들 모두의 책장에 『거짓의 공원』이 꽂혀 있었다면 예리한 형사가 알아챌 가능성도 있지만(있을까?) 개중에는 친구나 도서관에서 빌려 읽은 사람도 있을 테고 이쿠타 하쓰코처럼 읽고 나서 헌책방에 판 사람도 있을지 모른다. 그렇다면 도리가 없겠지?

그런데 쓰지하라는 우에스기 선생님께 『거짓의 공원』 감상문을 보냈을까? "똑똑한 척하는 졸작이야"라고 화냈는데. 그 애 성격에 썼다면 거침없이 신랄한 편지가 되었을 것이다. 선생님이 격분할 만한 편지는 쓰지 않았기를. ……그보다 내가 쓴 편지가 선생님을 불쾌하게 만든 건 아닐지 걱정하는 게 먼저일까. 흥분한 상태에서 쓰고 제대로 읽어보지도 않고 보냈으니 실수했을지도 모른다. 내 상상일 뿐이지만 자존심이 엄청 셀 것 같던데.

한꺼번에 잔뜩 끄적였더니 손이 뻐근하다.

M이 시킨 대로 문단속을 확인하고 이만 잘까. 화장실 창문을 꼼꼼히 점검해야지. 어제 본 이상한 작은 아저씨를 오늘도 서점에서 돌아오는 길에 언뜻 본 것 같으니까. 기분 탓인지, 방금 복도에서 바닥이 삐걱거리는 소리가 들린 것도 같고, 하하.

웃을 일이 아니라니까.

아, 맞다. 내일 욧치를 만

마감 이틀 전

급기야 마감 이틀 전.

"한계다."

책상 위 작은 달력을 바라보며 가와무라 고타로는 스스로를 타일렀다.

"지금 당장이라도 시작해야 해."

그는 천천히 일어나 창가로 다가갔다. 장마 기간의 귀한 맑은 날. 밖에는 봄의 햇살이 넘쳐나고 한 블록 떨어진 곳에 있는 초등학교에서 아이들의 목소리와 남자 교사의 기운 넘치는 호령이 흘러왔다. 체육 수업을 하고 있겠지.

고타로는 살짝 연 창문으로 들어오는 바람을 맞으며 방구석

의자에 앉은 어머니에게 말을 걸었다. 고타로가 겪는 창작의 고통을 언제나 상냥하게 지켜보고 격려해주는 어머니에게.

과거에 그 역할을 해주었던 아내는 벌써 십 년도 더 전에 집을 나가고 말았다. 상금을 노리고 응모한 추리소설 신인상에서 목적을 달성한 직후에 결혼했지만 아무리 시간이 지나도 명색만 작가인 상태에서 벗어나지 못하자 정이 떨어진 것이리라. 그의 앞날에 기대를 버린 것이다. "당신의 마더콤플렉스를 더는 못 참겠어"라고 지껄였지만 그런 건 구실일 뿐이다. 타산으로 산 여자가 마더콤플렉스를 들먹이다니.

잠깐, 헤어진 아내를 떠올리며 투덜거릴 때가 아니다.

"글을 써야지. 그나저나 요즘 아슬아슬한 줄타기가 연이어서 지겨워, 정말. 마감이 닥쳐오는데 뭘 써야 할지 모르는 고통, 엄마도 상상할 수 있지? 여름방학 마지막날인데 자유 연구 주제조차 정하지 못해 초조한 상태. 그거야. 그립지? 하하. 고개를 숙여버렸네. 아하, 웃고 있구나? 너는 어쩜 그리 옛날 그대로니, 하고 한심하다 이거지. 그건 힘들었어. 여름방학이 싫어질 정도였다니까. 세상 사람들에게는 아련한 추억이겠지만 내게는 아직도 계속되는 악몽이야. 마흔을 앞두고 있는데 초등학생처럼 질질 짜다니 꼴불견이지. 내 천직은 추리 작가가 아니라 다른 거였을지도 몰라. 새로운 아이디어는 그렇게 줄줄이 떠오르지 않는다고. 아이쿠, 어쩔 도리 없는 소리를 주절거리고 있을 때가 아니라고 말하고 싶은 눈치네. 맞는 말씀."

고타로는 책상 앞으로 돌아가 오늘 아침 스무 번째 한숨을 쉬었다.

줄타기가 이어지고 있다고는 해도 마감 이틀 전인데 무엇을 써야 할지 전혀 떠오르지 않다니, 근래 겪어보지 못한 큰 위기였다. 《소설 신세기》로부터 "미스터리 특집에 본격 작품을 하나 써주십시오" 하고 원고 의뢰를 받은 게 석 달 전. 그만한 시간이 있으면 오십 매 단편 정도는 어렵지 않게 쓸 수 있다. 그런데 이 꼴이다.

처음 받은 마감은 이미 오래전에 지났다. "요즘 잡다한 일이 많아서 좀처럼 손을 대지 못했습니다. 마감을 조금만 더 늘려주실 수 없을까요?" 하고 사정해 담당 편집자 에모리가 "이번에는 꼭 엄수해주십시오" 하고 못을 박은 기일이 이틀 후 6월 12일. 이것을 지키지 못하면 지면에는 확실하게 펑크가 난다고 한다.

"일러스트레이터 선생님께 부탁해 최대한 추상적인 그림을 준비하고 있으니 삽화는 걱정 없습니다. 교체할 원고도 없고, 표지도 차례도 먼저 진행시켰어요. 원고를 못 받는 사태는 없어야 합니다. 제 목이 날아갑니다. 힘드시겠지만 제발, 제발 좀 부탁드리겠습니다."

에모리는 유달리 끈질기게 말했다. 전화로 통화했을 뿐이지만 상대도 백전노장의 프로다. 고타로의 컨디션이 좋지 않은 것을 민감하게 알아챘는지도 모른다.

원고가 안 들어왔다고 설마 에모리가 해고당할 일은 없겠지. 하지만 최근 몇 년 동안 계속 저공비행 상태인 고타로에게 기대를 접고 원고 의뢰를 뚝 끊을 가능성은 없지 않다. 《소설 신세기》는 그에게 고정적으로 단편 원고를 의뢰해주는 몇 안 되는 소중한 거래처였다. 섣부른 실수는 용납되지 않는다.

반드시 써내야 한다. 머릿속에 아무것도 없다 해도, 오십 매 작품을 써내서 이틀 후에는 제출해야 한다. 분량도, 마감도 변하지 않는다. 그리고 제목도. "차례를 짜야 하니 제목만이라도 먼저 알려주십시오"라는 부탁에 퍼뜩 떠오른 엉터리 제목을 이미 말해버렸으니까.

R의 비극.

그게 뭐야 싶은 제목이다. 대체 무슨 내용일지 당최 짐작도 가지 않는다. 어떤 트릭이나 플롯이 떠올라도 대응할 수 있도록 최대한 추상적인 제목으로 정한 것이다. '비극'은 추리소설 제목에서 일종의 접미사 같은 것이고 'R'이 가리키는 인명이나 사물도 이 세상에는 무수히 많으니 갖다 붙이는 데 고생하지는 않겠지. 하지만 갖다 붙이고 뭐고, 아직 소재도 못 정했다.

"이틀 후라는 건 오늘, 내일, 모레……인가."

혼잣말처럼 중얼거리며 손가락을 세 개 꼽아보았다. 시간이 없다. 아니, 엄밀히 말하면 남은 시간은 사흘도 되지 않는다. 에모리는 모레 낮에 원고를 가지러 올 예정이다. 그리고 오늘은 이미 오전 11시가 지났다. 즉 수중의 시간은 실질적으로 이틀뿐.

"으음, 빡빡해."

당연하지만 소재를 정했다고 해서 그것으로 일이 끝나는 건 아니다. 한 편의 소설로 완성되도록 떠오른 아이디어를 다듬어야 하고, 그것을 오십 매 분량의 문장으로 만드는 작업이 남아 있다. 고타로는 손이 느리다. 평균적인 하루 생산 분량은 기껏해야 원고지 예닐곱 매. 필사적으로 속도를 냈을 때 열대여섯 매. 지금까지 자기 최고 기록은 스물세 매이지만 그것을 달성한 이튿날 녹초가 되어 일을 하지 못했다. 다시 말해 이틀 동안 오십 매의 원고를 쓰는 것 자체가 한계를 초월한 일이다. 그런데 무엇을 써야 할지 아직 감도 못 잡았으니 울어서 해결될 문제라면 통곡이라도 하고 싶은 심정이다. 사태가 잠잠해질 때까지 숨어서 될 일이라면 정원에 참호라도 파고 숨겠다. 하지만 울어도, 달아나도, 살아날 길은 없다. 그런 짓을 하면 실직 가능성도 있다.

이런 불경기에 실직하면 재취직도 어렵다. 얄팍한 저금은 순식간에 바닥을 드러내리라. 집세를 못 내고 쫓겨나겠지. 노모를 끌어안고 거리를 헤매는 상상을 떨쳐버리려고 고타로는 고개를 저었다. 지금은 목숨을 걸고 버틸 때다.

책상 서랍에서 표지가 너덜너덜한 한 권의 대학노트를 꺼냈다. 작가로 데뷔한 이래 줄곧 애용하고 있는 창작 노트다. 며칠 전부터 이미 몇 번이나 펼쳐봐서 쓸 만한 소재가 없다는 걸 알면서도 또 손에 들고 말았다. 이미 써버린 아이디어에는 X표를 쳐놓았기 때문에 아무 표시 없는 페이지를 찾아 차례대로 읽었다.

"이건 발단은 나쁘지 않지만 분위기가 기괴해서."

'마네킹이 걸어가는 밤'이라는 가제가 붙어 있다. 아이디어를 얻었을 때, 이건 알리바이 트릭 장편이 되겠다는 강한 예감이 들었지만 모 출판사 편집자에게 개요를 말해보았더니 "잘 모르겠는데요" 하고 찬물을 끼얹어서, 실망한 나머지 사장한 아이디어였다. 미련이 있는 건 아니지만 되읽어보아도 도입부는 재미있게 쓸 수 있을 것 같다.

"깊은 밤, 비가 내리치는 가운데 침대 특급열차가 달리는 정경에서 시작돼. 기관사 시점으로." 어머니에게 말해본다. "A시 교외, 한쪽에 산비탈이 바짝 붙어 있는 적적한 장소를 열차가 힘차게 달려가. 그런데 완만한 커브를 돌아나갔을 때 앞쪽 선로 위에 뭔가 검은 덩어리가 누워 있는 게 헤드라이트에 비쳐. 깜짝 놀라 제동을 걸었을 때는 이미 늦었지. 열차는 그 이물을 치고

백 미터쯤 달리다가 멈춰. 철도 자살인가 하고 회중전등을 든 차장이 내려와서 조사해보았는데 무참히 박살난 건 마네킹 인형이었어. 어때, 이거 미스터리하지? 하지만 그게 다가 아니야. 차장은 전에도 비슷하게 비 오는 밤에 같은 열차가 거의 같은 시간에, 그렇다는 건 거의 같은 지점이라는 뜻도 되지, 마네킹 인형을 치고 긴급 정차했다는 보고를 들었던 걸 기억해내. 별 번거로운 장난도 다 친다고 관계자들은 의아하게 여겼지만 이 기묘한 마네킹 열차 사고는 두 번으로 끝나지 않았어. 그리고 며칠 후 비 오는 밤, 또다시 마네킹 인형을 산산조각 내며 열차가 정지해."

수수께끼의 연쇄 열차 방해 사건에서 장면이 바뀌어 이야기는 B시에서 발생한 살인 사건으로 옮겨간다. 경찰 수사가 진행되면서 이윽고 떠오르는 용의자. 하지만 그에게는 견고한 알리바이가 있었다. 신뢰할 수 있는 증인이 범행 시각 약 두 시간 전에 현장 B시에서 몇백 킬로미터나 떨어진 A시에 있었던 그를 목격한 것이다. 두 시간 안에 A시에서 B시로 이동하려면 자동차를 바람처럼 몰거나 특급열차를 이용하는 수밖에 없다. 하지만 용의자는 자동차를 운전할 줄 모른다. 또한 한밤중이라 다니는 열차는 침대 특급밖에 없는데, 차장의 증언으로 그가 거기에 승차하지 않았다는 사실이 밝혀진다. 자기 범행임을 암시하는 도발적인 용의자를 눈앞에 두고도 알리바이를 깨지 못해 이를 가는 수사진. 진범은 따로 있는 게 아닌가 모두가 확신을 잃어갈 때, 재차 차장을 찾아가 탐문을 지속하던 한 형사가 이상한 이야기를 듣는다. 비가 오는 밤마다 선로에 쓰러져 있는 바로 그 마네킹 인형 이야기다. 단순한 장난 같지는 않다. 뭔가 숨은 뜻이 있다고 생각한 주인공 경위는 사고 현장으로 찾아가 한 가지 발견을 한다. 마네킹 인형이 누워 있던 장소에서 백 미터 떨어진 곳에 국도가 선로 위를 지나고 있었던 것이다.

"마네킹을 선로에 눕혀놓은 건 당연히 살인 사건의 범인이 한 짓이야. 그런 짓을 한 이유는 열차를 긴급 정차시키려고 한 거지. 범인은 역이 아닌 곳에서 열차를 세우고 국도 다리 위에서 지붕으로 뛰어내렸어. 한밤중이라 그렇게 B시까지 이동한 거지. 그게 알리바이 트릭. 마네킹 인형을 몇 번이나 치게 한 이유는 리허설이야. 어느 지점에서 열차가 브레이크를 걸면 다리 바로 밑에서 정지하는지 확인하기 위해 미세하게 조정하면서 실험을 반복한 거지. 지붕을 타고 이동하는 걸 남들 눈에 띄지 않도록 비 오는 날에 범행을 저지를 작정이라 브레이크 작동 상태가 같도록 실험도 비 오는 날을 골라서 했던 거야."

고타로는 의자를 빙글 돌려 어머니 쪽을 돌아보았다.

"이런 트릭은 어때?"

어머니는 대답하지 않았다. 기각인 모양이다.

고타로는 자조 어린 쓴웃음을 지었다. 물을 필요도 없었다. 흔해빠진 편집자보다 날카로운 안목을 가진 어머니가 이런 어설픈 트릭에 OK 신호를 내줄 리 없다.

"장편이 못 되는 트릭이라도 단편이라면 통하지 않을까 하는 생각은 구질구질하지. 아아, 반성해야지. 이런 건 이번에야말로 쓰레기통에 버리자."

가벼운 두통이 들었다. 잠깐 쉴까. 고타로는 일어나 기지개를 폈다.

◇◇◇

나 혼자만 괴로운 건 아니다. 마감을 앞둔 소설가는 다들 마찬가지다. 옛날에 읽은 호시 신이치의 에세이 중에 굉장한 게 있었다는 걸 떠올리고 서고로 쓰는 옆방으로 갔다. 이 책이었나, 저 책이었나, 삼십 분 정도 찾다가 찾으려는 부분에 다다랐다. 『창작의 경로』라는 에세이다. 시작부터 대뜸 훌륭한 문장이 튀어나온다.

다른 작가들은 어떤지 모르지만 소설을 쓰는 게 이렇게 고통스러운 작업일 줄은 예상도 하지 못했다.

좋구나. 온천에 느긋하게 몸을 담근 듯한 안도감이 밀려온다. 단편의 거장과 팔리지 않는 삼류 작가인 자신을 나란히 두기는 거북하지만 동업자인 건 틀림없다. 그렇다, 나는 대단히 어렵고 숭고한 작업을 하고 있다! 팔에 불끈 힘을 줘본다. 에세이의 다음 단락은 이러했다.

마감이 닥쳐오면 고작 한 가지 발상을 얻기 위해 여덟 시간 정도 서재에 틀어박힌다. 무에서 유를 창조하는 영감이 그리 내 맘대로 쉽게 솟아날 리 없다. 산더미 같은 메모를 뒤지고, 팔짱을 끼고 돌아다니고, 한숨을 쉬고, 헛되이 흘러가는 시간을 걱정하며, 모방의 유혹과 싸우고, 아이디어를 몇 가지 메모해, 그 모든 것에 불만을 느끼고, 커피를 마시고, 재능이 바닥난 것 같다고 절망하며, 자포자기하고, 비누로 손을 씻고, 다시 메모를 읽어본다. 결코 마음이 약해져서는 안 된다.

이 문장을 처음 읽은 건 학창 시절이었다. 소설가는 굉장하구나, 하고 순수하게 감복했다. 서재에서 이렇게 고뇌하는구나, 멋지다, 하고.

멋있기는 개뿔. 마감 전에 몸부림치다니 그저 한심할 따름이다. 호시 신이치 정도는 되어야 '항상 괴로워' 하고 적나라하게 고백해도 폼이 나는 것이다. 가와무라 고타로가 그래봤자 웃음거리도 되지 않는다. 누가 '그럼 직업을 바꿔봐'라고 대꾸한다면 너무 슬퍼 기절해버릴지도 모른다. 아아, 상상만 해도 끔찍하다.

그나저나 벌써 이십 년도 더 전에 읽은 이 짧은 에세이를 용케 기억하고 있었네. 그만큼 강렬하게 마음에 박혀 있었다는 뜻일까. 잠깐, 누구였지, 다른 작가가 이 문장을 패러디해서 쓰지 않았나? 중간까지는 호시 신이치와 같은 문장이었는데 점점 과해져서 절규하고, 벽에 머리를 찧고, 총을 난사해서 웃음보가 터졌는데.

"어, 로버트 블록이 아니라…… 쓰쓰이 야스타카다!"

그건 어느 책이었지, 책장으로 뻗으려던 오른손을 왼손이 찰싹 내리쳤다. 어리석은 놈. 그런 일로 쓸데없이 시간을 낭비할 때가 아니다.

손목시계를 보니 이미 정오가 넘어 벌써 1시가 코앞이었다. 등줄기가 싸늘해져 허둥지둥 서재로 돌아왔다. 어머니는 여전히 같은 자세로 의자에 앉아 있었다.

"옆방에서 자료 좀 찾고 있었어."

빤한 거짓말을 하면서 책상에 앉았다. 아까 보던 창작 노트가 그대로 펼쳐져 있었다.

하얀 사원의 살인.

카터 딕슨의 『하얀 수도원의 살인』에서 따온 가제가 눈에 들어왔다. 흠, 어떤 거였지, 하고 읽어본다. 아아, 그건가.

눈밭의 발자국 트릭이다. 무대는 어느 대사원. 현존하는 절을 살인 현장으로 쓰기는 꺼림칙하고, 트릭의 현실성을 따질 우려도 있어 가공의 종파 혹은 신흥 종교 사원을 날조할 것, 이라고 부기가 붙어 있다. 스키 점프대처럼 가파른 지붕이 덮인 절, 교토의 혼간지 사찰 같은 이미지다. 다만 혼간지와 달리 높이가 오십 미터도 넘는 고층 사원이다. 그런 기묘한 사찰을 지을 정도니 돈을 잔뜩 벌어들이는 수상한 신흥 종교로 설정해야 할까.

이런 사건이다. 밤새 쏟아지던 눈이 걷힌 이른 아침, 그 사원의 웅장한 경내 한복판에서 시체가 발견된다. 사인은 교살. 범인은 자기 두 손으로 피해자를 살해하고 도주했을 텐데, 눈밭으로 변한 경내 어디에서도 발자국 하나 찾아볼 수 없다. 아니, 범인뿐만 아니라 피해자의 발자국도 없다. 대체 이건 어찌된 영문인가? 피해자는 교단의 경영 방침에 절망해 탈교脫教해서 부정을 세상에 알리려 했다. 교주는 믿음을 잃은 괘씸한 자에게 신벌이 내렸다고 외친다.

"트릭만 괜찮으면 후딱 쓸 수 있을지도 모르겠는데."

한때 발자국 트릭에 심취한 적이 있었다. 그때 문득 떠올랐지만 완성도가 낮아 작품으로 만들지는 못한 트릭이리라. 이번 원고 의뢰는 '본격 미스터리 한 편'이었으니 이걸 써먹을 수 있으면 더할 나위 없는데, 하고 신음하다 목에 손톱을 세우고 벅벅 할퀴었다.

주인공 탐정이 이래저래 추리하는 과정의 대화도 노트에 주절주절 적혀 있었다.

탐정 "마치 시체가 하늘에서 내려온 것 같군."

조수 "범인이 시체를 사원 상층부에서 집어던졌다는 겐가?"

탐정 "눈밭에 발을 들여놓은 흔적이 없으니까."

조수 "하지만 시체가 있던 곳은 경내 중앙이라 건물에서 사십 미터 이상 떨어져 있어. 그냥 집어던져서는 그런 위치에 닿지 않아."

탐정 "단순히 창밖으로 집어던져서는 닿지 않겠지. 하지만 저 지붕의 급경사를 이용했다면 어떨까?"

조수 "지붕을 스키 점프대 대신 이용해 시체를 사십 미터나 날려보냈다는 거야? 말도 안 돼."

탐정 "그 정도 비거리는 나와."

조수 "아니, 그런 문제가 아니야. 용케 시체가 그만큼 날아가더라도 저런 높이에서 낙하하면 그 기세 때문에 눈에 깊이 파묻히겠지. 발견된 시체는 그런 상태가 아니었어."

탐정 "거기서 바로 이 사건의 범인이 악마 같은 간계를 부렸다는 걸 알아차려야지. 범인은 시체가 눈에 파묻히지 않도록 낙하 속도를 조절한 거야."

조수 "낙하 속도를 조절한다고? 어떻게 그런 일이 가능한지 짐작도 가지 않는군."

탐정 "지극히 간단한 방법이야. 범인은 시체의 등에 펼친 낙하산을 씌운 거야. 그런 다음 지붕에서 미끄러뜨렸지. 낙하산이 낙하 속도를 늦춰서 시체는 눈밭에 얌전히 착지해. 그대로 두면 트릭이 뻔히 보이니 미리 낚싯줄을 꿰매두었다가 릴로 감아서 회수했겠지. 이렇게 그 불가사의한 밀실 상태가 완성된 거야."

조수 "오오, 그런 거였나, 자네 추리력에는 고개가 숙여지는군."

고타로는 그 부분을 낭독해 어머니에게 들려주었다.

"이런 트릭은, 역시 어려울까?"

괜찮으면 '재미있어 보이는데?'라고 즉답하는 어머니인데 말이 없다. 침묵이 따갑다. 고타로는 헤실헤실 웃었다.

◇◇◇

기분 전환을 위해 노트를 들고 집을 나섰다. 초등학교 근처에 있는 단골 카페에서 커피를 마시다가 아이디어가 떠오른 적도 없지는 않다. 어머니에게는 "저녁때는 돌아올게"라고만 말해두었다.

좋아하는 창가 자리에 앉아 아메리카노와 믹스 샌드위치를 주문했다. 식욕은 별로 없었지만 뭐든 배를 채우지 않으면 힘도 나지 않는다. 안쪽 벽시계에서 비둘기가 튀어나와 세 번 울었다.

"……3시인가."

시곗바늘은 착실하게 전진하고 남은 시간은 줄어든다. 유리창으로 비쳐드는 햇살도 다소 기운 것 같다. 이러고 있으면 금방 해질녘이 되겠지. 가슴이 펄떡거리기 시작했다.

커피가 먼저 나와 설탕을 넣지 않고 그대로 마셨다. 왁자지껄 장난치며 하교하는 초등학생들을 바라보며 씁쓸한 맛과 향을 음미했다. 이게 일을 일단락하고 마시는 휴식의 한 잔이라면 얼마나 행복할까?

에모리가 원고를 받으러 오기까지 앞으로 몇 시간 남았는지 헤아려보았다. 모레 정오는 마흔다섯 시간 뒤. 시계 긴바늘이 마흔다섯 바퀴 돌 만큼의 유예가 있지 않은가? 오십 매만 쓰면 되니까 한 시간에 한 매 이상의 속도로 쓰면 맞출 수 있다고 낙관적으로 생각해보려 했지만 허무한 짓이다. 인간이니 먹어야 하고, 자야 한다. 아니, 문제는 그런 게 아니다.

"여태 뭘 써야 할지 못 정했잖아."

저도 모르게 쥐어짜는 목소리가 튀어나왔다. 믹스 샌드위치를 가져온 웨이트리스가 "네?" 하고 눈썹을 찌푸리기에 아무것도 아니라며 거짓웃음을 지었다.

이상한 손님이라고 생각했겠지. 부끄러웠지만 그러라지 뭐, 하고 신경을 끄고 샌드위치를 덥석 베어 물었다. 맛이 느껴지지 않는다. 마치 종이를 먹는 기분이다.

테이블 위에 노트를 펼쳐보았지만 아무것도 눈에 들어오지 않는다. 문장의 의미를 이해할 수 없는 건 물론이고 그게 글자라는 사실조차 인식하기 어렵다. 이해 불가능한 무늬다. 넋을 놓고 바라보고 있자 그것이 종이 위에서 애벌레처럼 꿈틀거리기 시작하는 것 아닌가? 가장자리에 있던 것은 테이블 위로 기어나가려 하고, 꾸물꾸물 몸을 일으켜 지면에서 일어나려는 놈까지 있었다.

이리 소름 끼칠 수가.

고타로는 노트를 들고 요란하게 털어서 벌레들을 바닥에 떨어뜨리려 했다. 하지만 이윽고 정신을 차리고 그만두었다. 가게 안쪽에 있는 웨이트리스와 시선이 마주치자 그녀는 황급히 고개를 숙였다. 봐서는 안 될 것을 보았다고 당황한 것이리라. 이거 위험하다. 조금은 이상한 사람으로 보여도 상관없지만 도가 지나치면 이 가게에 오지 못하게 된다. 나는 어디까지나 정상인인데.

샌드위치를 절반쯤 남기고 커피를 홀랑 마셨다. 카페인의 자극도 아무런 아이디어를 불러와주지 않는다. 사고는 헛돌 뿐이고 새로운 생각이 떠오를 기미는 전혀 없다. 지금까지 십 년 동안 명색이나마 전업 작가로 활동해온 게 믿기지 않는다. 수많은 마감을 어떻게 극복했는지 기억이 나지 않는다. 내가 정말 지금까지 추리소설처럼 골치 아픈 글을 썼던 걸까?

여기는 어디고 나는 누구인가, 하는 해리성 인격 장애 같은 불안감이 엄습해와 또 세차게 고개를 저으며 "핫!" 하고 기합을 넣었다. 웨이트리스가 깜짝 놀라 펄쩍 뛰어올랐다. 저 손님 빨리 나갔으면 좋겠다고 빌고 있을지도 모른다.

아직 안 나갈 거야. 자존심 때문에라도 돌아갈 수 없다. 뭘 써야 할지 전혀 감을 잡지 못하고 서재 책상 앞으로 돌아가는 건 고문이나 마찬가지다. 거기로 돌아가는 건 써야 할 소재를 결정한 다음이다.

그렇지만 초조해할수록 집중력은 감퇴해 점점 진흙탕에 깊이 빠지는 기분이다. 광명은 보이지 않는다. 매달릴 희망은 역시 창작 노트인가. 이상한 환각이 나타나지 않도록 두 뺨을 찰싹 때려 마음을 가다듬고 다른 페이지를 펼쳐보았다.

스톤헨지의 기적.

그런 가제가 튀어나왔다. 이건 제목을 보고 내용이 바로 생각났다. 영국의 어느 유명한 석기시대 유적, 둥그렇게 줄지어선 바위에서 일어나는 살인 사건이다. 아이디어가 떠오른 건 십 년 전일까. 영국 각지의 전원 지역에서 밤사이 밭에 기괴한 기하학 무늬, 소위 말하는 미스터리서클이 나타나는 현상이 빈발해 전 세계의 화제를 모은 적이 있다. 장난치고는 너무 번거롭고, 개중에는 사람의 팔다리로 만들어내기에는 불가능한 무늬도 있어 UFO의 소행이 아닌가 하는 가설이 나오기도 했지만 어느 틈에 슬그머니 들어가버렸다. 어느 서클에 대해 장난이라는 게 증명되면서 그것을 계기로 소동이 종결된 듯한 기억도 있다. 「스톤헨지의 기적」의 착상은 당시 텔레비전에서 빈번히 보도한 그 미스터리서클과 신비한 고대 유적 스톤헨지를 엮어 추리소설을 쓸 수 없을까 고민하다가 얻은 아이디어다.

이것 역시 눈 위의 발자국 트릭 소재다. 계절은 한겨울. 무대는 커다란 돌기둥이 원형으로 늘어선 유적, 스톤헨지. 그 한복판에 타살 시체가 쓰러져 있다. 「하얀 사원의 살인」 설정과 달리 이 이야기에 등장하는 시체는 제 발로 거기까지 걸어온 흔적이 똑똑히 남아 있다. 그게 기묘한 점이다. 피해자가 거기서 살해당했을 때는 한창 눈이 내리고 있었을 텐데, 어째서 발자국이 지워지지 않았을까? 즉 한 번 비틀어서 평범한 발자국 트릭과 반대되는 수수께끼를 독자들에게 던지는 것이다. 사건을 수사하는 사이 근처 보리밭에 미스터리서클이 나타났다는 사실을 알게 되고, 혹시나 살인은 UFO에 탄 외계인이 저지른 소행이 아닐까 하고 마을은 패닉에 빠진다. 눈이 쏟아지는 밤의 스톤헨지라는 무대를 제대로 그려내면 분위기가 괜찮은 작품이 될 것이다. 그랬는데…… 트릭이 개그여서야 말짱 도루묵이다.

꼼꼼하게 트릭 해설 그림까지 그려놓았는데 그림으로 설명할 것까지도 없다. 사실 피해자는 카메라맨이고 범인은 그 조수다. 두 사람은 눈 내리는 밤, 스톤헨지에 어떤 장식을 하고 예술 사진을 촬영하려 했다. 그 장식이란 원을 이룬 돌기둥 위에 엄청나게 커다란 원형 얼음을 씌우는 것. 그렇게 세계 제일가는 환상적인 오브제를 만들어 그것을 사진으로 찍으려고 시도한 것이다. 인근 보리밭에 비닐 시트를 깔아 가리개를 만들고 거기서 얼음은 만들어서(가능한가?) 의도하지 않은 미스터리서클이 생기고 말았다. 두 사람은 열심히 얼음을 운반해(가능한가?) 스톤헨지 위에 설치하고(가능한가?) 막상 촬영 시작 단계에 이르러 어쩌다가 말다툼을 하게 된다. 그리고 화가 치민 조수가 그만 카메라맨을 살해하고 만다. 살인자는 자기가 저지른 끔찍한 짓에 동요해 그대로 달아나고, 그 뒤에는 얼음 지붕 밑에 쓰러진 시체만 남는다. 이윽고 눈이 그치고 날이 밝자 얼음은 아침해에 녹아 사라진다(순식간에 증발할 리가 없다. 녹아서 눈 위에 떨어질 테니 흔적이 남을 거 아냐?). 이리하여 눈보라 속에서 살해당한 시체 주변에 발자국이 그대로 남아 있다는 수수께끼가 완성되는 것이다(조수 발자국은 어찌된 거야?).

"이런 트릭이 있는데, 엄마 생각은 어때?"

서재에 있다고 착각해 등뒤를 향해 묻고 말았다. 때마침 트레이를 치우고 지나가던 웨이트리스는 거의 울상이다. 또 실수했다. 당신한테 물은 게 아니야. 고타로는 혀를 차고 싶었다.

수치심도 잊고 그는 힘없이 페이지를 뒤적였다. 그러자…….

트릭섬의 소실.

재미있어 보이는 제목인데, 기억이 나지 않는다. 어디 보자. 일말의 기대와 함께 읽어보았다.

트릭섬이라 불리는 작은 섬이 있었다. 그곳 별장에 모인 한 무리의 추리 작가들. 술을 마시고 잡담에 열을 올리던 중 남녀 작가가 언쟁을 시작한다. "나는 소설 속에서 신칸센 차량을 하나 없앤 적도 있어. 점보기를 격납고에서 없앤 적도 있고, 마을에서 아이들만 하룻밤 사이에 모두 사라지는 작품도 썼어. 소실 트릭에 있어서는 타의 추종을 불허하니 어떤 것이든 없앨 수 있어." 그렇게 호언하는 남자에게 여자가 "그렇다면 이 섬이 단숨에 사라지는 트릭을 고안해봐"라고 시비를 건다. "식은 죽 먹기지." 남자는 호언장담하고 자리를 채운 사람들은 그 해답에 주목하지만 그가 애써 쥐어짜낸 트릭은 우스꽝스럽기 그지없는 어설픈 것이었다. "면목없네" 하고 움츠러드는 남자에게 여자는 "잘난 척하니까 그렇지"라고 콧방귀를 뀐다. 다들 남자가 졌다고 생각한 순간, 다른 작가가 "이 승부는 그의 승리야"라고 단언한다. "어머나, 왜?" 불만스러운 여자. "그야, 지금 그를 보았지? '섬에 발붙일 자리도 없는' 상태가 되었잖아." 재밌게 들으셨습니까?

장난하나, 콩트냐?

이런 걸로…… 으음, 어떻게 오십 매 못 채우려나.

시계에서 비둘기가 튀어나와 울었다. 드높은 목소리로 여섯 번. 여섯 번? 어느새 시간이 그렇게 됐지? 시간이 너무 빨리 흐른다.

위는 따끔따끔 아려오고 이마에는 굵은 땀방울이 맺혔다.

◇◇◇

먼 길로 돌아가는 도중에 날이 저문 공원 벤치에서 한 시간이나 보낸 탓에 집에 도착하니 8시가 다 되었다. 에모리가 초인종을 누르기까지 앞으로 남은 건 마흔 시간.

"이거, 포기하는 수밖에 없겠어."

현관 격자문에 기대 자포자기했다. 최고의 소재가 떠올라도 오십 매의 원고를 쓸 시간이 사라지고 말았다. 기브업이다. 원고를 펑크냈다고 출판사에서 꼭 의뢰가 끊긴다고 할 수는 없고 목숨을 잃는 것도 아니다.

아니, 그럴까? 실직—길거리에 나앉기—행려병사. 이것이 목숨을 잃는 것 아닌가? 자포자기로 내던져서는 안 된다. 마흔 시간 뒤 에모리가 찾아올 때까지, 살아날 기회는 남아 있다. 죽을 각오라면 오십 매쯤이야 못 쓸 것도 없다. 방법은 여러 가지 있지 않은가. 가령 처음부터 끝까지 대화로 구성한다. 전화 대화만으로 이루어진 단편으로 만들면 어설픈 독자는 '세련되었네' 하고 감탄해줄지도 모른다. 전화라, 좋잖아? 머릿속으로 문장을 만들어보았다. 이런 식이다.

“여보세요?”

“누구?”

“나야.”

“그러니까 누구냐고?”

“모르겠어?”

“모르니까 묻잖아.”

“쌀쌀맞은 여자로군.”

“무례하네.”

“그 말투도 옛날 그대로군.”

“설마…….”

“그래.”

“다쿠야 맞아?”

“그래. 오랜만이야.”

“…….”

“여보세요?”

“…….”

“대답 좀 해.”

“정 떨어지는 남자네.”

“통신 상태가 안 좋은가, 잘 안 들려.”

“당신은…… 정 떨어지는 남자야.”

하하하, 이걸로 원고지 한 매다. 일 분 만에 썼다. 비겁한 줄 알지만 간계를 부리면 이 대화를 두 배로 더 늘릴 수도 있을 것이다. 우습다, 우스워. 버릇 들겠다.

고타로는 미약한 희망을 되찾았다. 분량은 어떻게든 될 것 같으니 문제는 써야 할 소재로 집약된다. 불필요한 대화가 계속 이어지는 건 피할 수 없으니 하다못해 내용만은 멀쩡한 걸 쓰고 싶다.

해보자. 주먹을 쥐고 서재로 향하려다가 창작 노트가 손에 없다는 걸 비로소 깨달았다. 공원 벤치에 두고 온 모양이다. 찾으러 갈까 고민한 건 잠시였다. 도움도 안 되는 그런 건 필요 없다. 깔끔하게 버리자. 주운 녀석이 쓰고 싶을 만한 아이디어가 있다면 소설로 써서 대회에 응모하든지 말든지.

그런 식으로 호기롭게 생각했지만 바람이 훑고 간 것처럼 가슴속이 휑하기도 했다.

마음을 바로잡고 서재로 들어갔다. 어머니는 여전히 벽 앞 의자에 앉아 있었다.

"엄마, 식사는 했어요? 난 밥 먹을 겨를이 없으니 이대로 계속 일할게."

그렇게 말하고 책상에 앉은 그는 서랍을 열고 명함 크기의 카드 다발을 꺼냈다. 그 한 장 한 장에 문득 떠오른 아이디어를 적어놓았다. 쓸 만한 게 없어서 다시 볼 생각도 안 했는데, 이 정도로 다급하면 지푸라기라도 잡고 싶다. 어쩌면 개중에는 잊고 있었지만 조금은 쓸 만한 아이디어가 있을지도 모른다. 이게 마지막 희망의 끈이다.

고무줄을 풀어 한 장씩 살펴보았다. 기대는 하지 않았지만 역시나 멀쩡한 게 없었다. 나는 바보인가 싶을 정도로 시시한 아이디어뿐이다. 혹은 어디서 주워들은 잡학.

가령…….

○는 남자 △는 여자……법학 등 △는 남자 ○는 여자……사회학만

벌써 몇 년 전에 신주쿠 선술집에서 우연히 합석한 대학교수에게 주워들은 이야기다. 법률학 같은 바닥에서는 ○가 남자, △가 여자를 가리키고 사회학 바닥에서는 그 기호의 의미가 정반대가 된다나. 어째서 그런 시시한 화제가 나왔는지는 기억나지 않는다. 다만 근엄해 보이는 교수가 "어째서 반대인지 이유는 모릅니다. 하지만 비사회학적 표현이 더 실체에 가깝지 않나 싶습니다"라고 진지한 얼굴로 음담패설 같은 결론을 내린 게 기억에 남아 있다. 그때 고타로는 테이블 밑에서 수첩을 펼치고 몰래 메

모를 했다. 작가적 거지 근성이랄까, 어디선가 써먹을 수 있을지 모른다고 생각하며.

"써먹다니, 어디에?"

쓴웃음이 흘러나왔다. 이런 걸로 소설을 쓸 수 있다면 누가 고생하겠나. 아마 다잉 메시지에라도 써먹을 수 있지 않을까 기대하며 적어놨겠지. 법학부에서 공부한 적 있는 피해자가 ○나 △로 범인의 성별을 남겨놓지만 탐정 캐릭터의 사회학적 지식이 그것을 오해하고 만다거나. 시시하다. 참으로 시시하다.

애초에 다잉 메시지처럼 낡아빠지고 진부한 아이디어를 소설에 담으려는 나약한 목표 의식은 본격 미스터리 작가로서 경멸받아 마땅하다. 재능 없는 추리 작가가 꼭 다잉 메시지를 남용하려 든다. 피해자가 죽음의 문턱에서 남긴 수수께끼 같은 말이라는 모티프를 금지하면 대번에 펜을 꺾어야 할 추리 작가가 나올지도 모른다. 하지만 실업자를 만들더라도 그건 금지해야 한다. 다잉 메시지만은 안 된다. 본격 미스터리에 대한 모독이다. 모욕이다. 오점이다. 테러 공격이다. 죄악이다. 악이다.

흥분해서 숨이 거칠어진 바람에 일어서서 잠깐 심호흡을 했다.

마음을 가다듬고 다음 카드를 보았다.

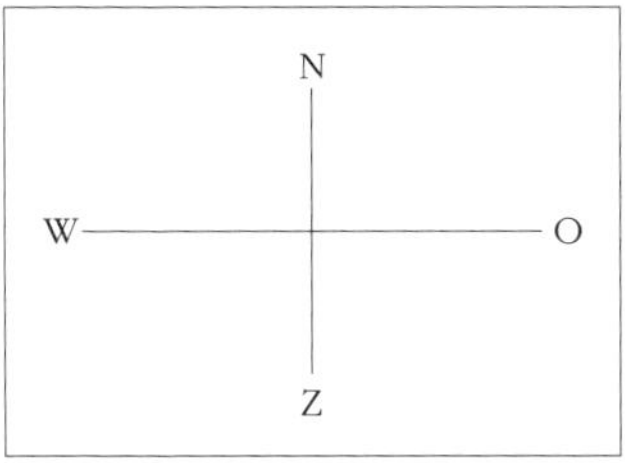

잡지 화보 페이지를 보다가 주운 소재였다. 붉은 벽돌로 지은 암스테르담 역 건물의 시계를 정면에서 찍은 사진의 숫자판에 이런 게 그려져 있었다. 네덜란드어로 방위를 가리키는 거라고 짐작은 했는데, 외국어에 약해서 N(북쪽) S(남쪽) E(동쪽) W(서쪽)이라는 영어 표기에만 익숙한 눈에는 고작 이런 것도 신선하게 비쳤던 것이다.

써먹을 데가 없다.

이마에 맺혀 있던 땀을 훔쳤다.

주사위 1의 눈.
일본만 붉은색.
다른 나라 주사위는 검정색.

이건 대체 언제 썼지?

그래, 편집자들하고 마작을 할 때 누가 떠든 토막 상식이다. 주사위 숫자 1의 눈은 모든 나라에서 붉은 게 아니었나, 하고 의외라고 생각했기 때문에 돌아와서 카드에 적어놓았던 것이다.

"있잖아, 엄마. 좀 재미있는데. 이런 거 알고 있었어?"

등뒤의 어머니에게 물어보지만 대답은 없다. 하나도 재미없다며 어처구니없어하고 있겠지. 확실히 이런 건 이리 굽고 저리 삶아도 못 먹을 것 같다.

"너무 사소하지. 이래서는 작중 인물의 잡담거리밖에 안 되겠어."

아니, 잠깐, 어떻게 안 되려나?

가령…….

빈사의 피해자가 주사위와 펜을 손에 쥐고 숫자 1을 검게 칠한다. 범인이 외국인이라는 사실을 알리기 위해서 그랬다거나?

"아으."

상상을 초월한 시시한 발상에 무심결에 신음하고 말았다. 그렇게 에둘러 메시지를 쓸 사람이 어디 있겠어, 펜이 있으면 글자를 쓰면 되잖아, 스스로를 꾸짖은 다음 꾸짖을 가치조차 없다는 사실을 통감하고 머리카락을 쥐어뜯었다. 애초에 다잉 메시지 소재는 본격 미스터리에 대한 모독이라고 스스로에게 금하지 않았나. 또다시 죄를 저지를 뻔했다. 본격 미스터리의 신이시여,

용서하소서, 그렇기 빌면서 십자가를 그었다.

안 돼, 안 돼. 이런 짓을 하다가는 폐인이 되겠다.

어깨로 거친 숨을 몰아쉬며 이번에야말로, 하고 다음 카드를 넘겼다.

일본 국기 일장기 디자인이 바뀌었다. 도쿄 올림픽(1964년) 동그라미가 크다.

응?

으음, 이건 국기로서의 일장기를 두고 시비를 가리는 텔레비전 프로그램에서 소개된 내용이었나. 사회자가 “사실은 일장기 디자인이 한 번 변경되었다는 사실을 알고 계십니까?”라고 해서 “그런 건 금시초문인데?” 하고 깜짝 놀라 메모했던 것이다. 상세한 내용은 메모하지 못했지만 들어보니 혼잣말까지 해가며 놀랄 만한 일은 아니었다. 도쿄 올림픽을 앞두고 붉은 동그라미 부분의 직경을 은근히 키웠을 뿐이다. 하지만 그렇게 미묘하게 변경했다면 어딘가 써먹을 수 있을 것 같다. 가령…….

사건의 핵심으로 연결될 한 장의 사진. 졸업 증서라고 적힌 지

관통을 손에 든 소년 또는 소녀가 교정에 서 있다. 그 등뒤에는 펄럭펄럭 나부끼는 일장기. 거기에 찍힌 아이는 1955년에 태어난 A로 보이지만 사실은 다른 사람이라는 것이 밝혀지고 사건은 예상 밖의 전개를 보이게 된다. 어째서 A가 아니라는 것을 추리할 수 있었나? 일장기 속 붉은 동그라미의 크기가 결정적인 단서였다.

"이런 건 어때, 엄마?"

어깨 너머로 물어보았지만 따가운 침묵이 실내를 조용히 감쌀 뿐이었다.

……그게 어쨌다고, 이런 건가.

뭐, 쓰기에 따라서는 장편소설에 입맛을 더할 수도 있겠지만 지금은 코가 석 자다. 이런 자잘한 소재로는 도저히 시한에 맞추지 못한다.

"응, 못 쓰겠지. 집어치우자. 이런 건 망설이지 말고 집어치워야지. 추리 작가인지 콩트 작가인지 모를 판국이니까. 나는 추리 작가야. 본격 미스터리 한 우물만 파는. 엄마도 그건 인정하지?"

책상 위에 침이 뚝 떨어졌다. 옷소매로 문지르고 조금 더 나은 건 없나 다음 메모를 보았다.

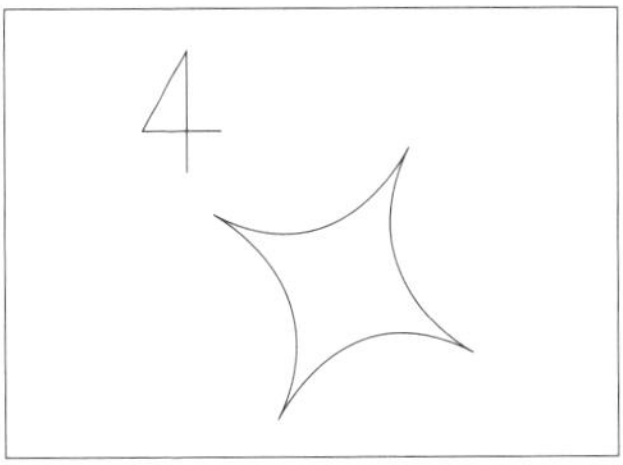

"엄마, 이 십자 수리검 같은 건 뭘까?"

상체를 비틀어 보여주었지만 그린 당사자가 이해하지 못하는 것을 어머니가 알 리 없다.

이십 초쯤 생각하다가 퍼뜩 떠올랐다. 이 기호는 도쿄 지도에서 본 어느 지점이었다. 그것을 표현하는 문제는 지도 제작자에게 번득이는 재치를 요구하는 것 같았다. 어느 지점은 바로, 도쿄 타워. 왼쪽 위에 함께 적힌 기호는 숫자 4가 아니라 방위를 나타내는 것이다.

"아하. 이건 유괴범이 아지트에 남기고 간 메모고, 사실은 인질을 숨긴 장소를 나타내는 지도로군. 거기까지는 경찰도 어렴풋이 짐작하지만 어디를 가리키는 건지를 몰라. 이 수리검 주위에 H라고 적어볼까? 그러니까 그 위치에 있는 호텔의 어느 방에 인질이 있는 거지. 응, H 같은 게 덧붙으면 점점 더 불가사의한 그림이 될 테고, 유괴 사건이라고 하면 전화가 꼭 등장하지. 대화만 잔뜩 나와도 그러려니 할 거야."

입가에 침을 질질 흘리며 고타로는 어머니를 돌아보았다. 대답은 없었다.

기각인가 보다. 그는 손안의 카드를 잘게 찢어 흩뿌렸다.

고질라는 한 번도 도쿄 타워를 파괴한 적이 없다.

"아으."

또 명치를 세게 맞은 듯한 소리를 내고 말았다.

대체 어찌된 건가? 이것의 어디가 추리소설 소재가 된다는 거지?

"돌아가신 아버지에게 거대한 부를 상속한 괴수 영화 오타쿠 청년이 있었다. 그것을 시샘한 한 친구가 청년을 살해하고 그인 척 가장한다. 하지만 그는 예상치 못한 곳에서 마각을 드러내고 만다. 글쎄, '고질라가 도쿄 타워를 무너뜨리는 장면은 지긋지긋해'라는 말을 흘린 탓에◆……."

◆ 2003년 개봉한 〈고질라×모스라×메카고질라 도쿄 SOS〉에서 마침내 고질라는 도쿄 타워를 파괴했다.

스스로를 벌하고픈 자학적인 마음으로 고타로는 그런 줄거리를 소리 내어 말해보았다. 뒤에서 어머니가 한숨 쉬는 소리가 들리는 것만 같다. 어째서 이렇게 어리석은 아들로 자랐을까 한탄하는 건지도 모른다. 저러니 집사람도 도망가지, 하고 가련히 여기면 어쩌지.

"엄마. 너무 엄하잖아."

비틀비틀 일어나 등을 돌린 채로 호소했다.

"뭘 쓸지 빨리 정하지 않으면 원고지는 언제까지고 새하얀 상태야. 이 끔찍한 상황을 제대로 이해하고 있어? 지금까지 말 안 했는데, 말할게. 엄마는 소설을 낳는 고통을 몰라. 아무것도 몰라. 그러니까 그렇게 태연한 얼굴로 내 아이디어를 닥치는 대로 기각할 수 있는 거야!"

손목시계의 바늘은 10시를 바라보고 있다. 어째서야, 어째서 시간이 쏜살같이 흘러가는 거지? 그는 손목에서 시계를 풀어 벽에 힘껏 집어던졌다. 그래도 분이 풀리지 않아 책상 위의 전화도 벽에 내던졌다. 어머니는 고개를 숙인 채로 꼼짝도 하지 않았다. 그것도 정상이 아니다. 고타로는 이상하리만치 강한 거부감을 느꼈다.

"정말 떠오르지 않는단 말이야. 어쩔 수 없잖아, 못 하겠다고……."

뜨거운 눈물이 흘러넘쳤다. 참으려 해도 멈추지 않아, 바닥에 얼룩이 몇 개나 생겼다. 그는 통곡했다.

◇◇◇

마감 전날이 되어 진척 상황을 물어보려 전화를 걸었지만 받지 않았다. 전선을 뽑아버린 모양이다. 이거 큰일난 것 아닌가, 불안감을 참지 못한 에모리는 오후 일찍 가와무라 고타로의 집을 찾아가보기로 했다. 술은 한 방울도 마시지 못하는 걸 아니까 역 앞 양과자점에서 쿠키를 사서 들고 갔다. 집 앞까지 와서 2층 창문을 올려다보니 불이 켜져 있었다. 글이 써지지 않아 달아난 건 아닌 모양이다.

그런데 초인종을 눌러도 대답이 없었다. 무슨 일일까 싶어 격자문을 밀어보니 덜컹거리며 열렸다. 문단속도 잊고 집필에 몰두하고 있는 걸까?

"가와무라 선생님, 계십니까? 에모리입니다. 근처에 올 일이 있어 들렀습니다."

큰 소리로 불러봐도 대답이 없다. 작은 집이니 들리지 않을 리 없는데, 의아해하면서 "실례합니다" 하고 구두를 벗었다.

계단을 올라 서재 앞에 섰다. 노크를 해도 대답이 없다. 하지만 분명 안에 인기척이 느껴지고, 고타로로 짐작되는 말소리도 들렸다. 낮잠을 자면서 잠꼬대를 하는 거라면 깨워야겠다 생각하며 에모리는 문을 열었다.

고타로는 잔뜩 초췌한 얼굴로 바닥에 쓰러져 있었다. 쓰러진 채로 뭔가 중얼거리고 있다. 그의 주변에는 작은 카드가 수십 장이나 흩어져 있었다.

"선생님, 어찌된 일입니까?"

깜짝 놀라 달려갔다. 고타로는 편집자가 찾아온 것도 모르는 눈치로, 방구석을 향해 뭔가 계속 질문해댔다.

"'트렁크라는 영단어에는 코끼리 코라는 의미도 있다'. 이건 쓸 수 있을까? ……못 쓰겠지."

그렇게 말하며 손에 든 카드를 멀리 내던지고, 다른 카드를 줍는다.

"그럼 이거. '그네는 봄의 계절 상징어'. 몰랐지? ……하지만 이것만으로는 써먹을 데가 없네."

에모리는 뺨이 홀쭉하게 팬 작가의 어깨를 흔들었다. 수염도 덥수룩하게 잔뜩 자라 있었다.

"뭘 하고 계신 겁니까, 선생님. 연회 여흥에 쓸 퀴즈라도 만드는 겁니까? 설마 아니겠지요?"

충혈된 눈이 에모리를 올려다보았다. 똑바로 마주볼 수 없을 정도로 탁한 눈이다.

"아아, 에모리 씨? 퀴즈를 만들고 있느냐고? 흥, 어리석은 소리 마. 당신한테 줄 단편 소재를 찾고 있잖아. 봐, 이 카드에 아이디어 메모가 적혀 있어. 그걸 읽어보고 뭐가 좋을지 엄마 의견을 묻고 있는 거야."

"엄마라고요?"

고타로의 시선 끝을 따라가던 에모리는 충격을 받았다.

"그래, 맞아. 나는 늘 그랬어. 엄마가 인정해줘야 안심하고 글을 쓸 수 있어. 이번에는 엄마가 유난히 까다로워서 말이야. 이것도 저것도 다 안 된대. 못 참겠어. 으음, 이건 어떨까?"

에모리는 카드를 주우려는 고타로의 손을 뿌리치며 단호하게 말했다.

"선생님, 정신 똑바로 차리세요. 소설을 못 쓰신 거죠? 그래서 피로가 쌓여 머릿속이 혼란스러운 겁니다. 침대에 들어가 쉬세요."

"에모리 씨는 무책임하네. 그런 짓을 하면 마감에 못 맞추잖아. 내 원고가 펑크나면 목이 달아난다고 협박한 게 누군데?"

"선생님 건강이, 아니 정신이 더 중요합니다. 선생님은 지금 어머님하고 대화하고 있었습니까?"

"그래. 봐, 저기……."

에모리는 최대한 온화한 목소리로 말하기 힘든 사실을 전했다.

"침착하게 들으세요. 선생님 어머님은 이 방에 안 계십니다. 어디에도 안 계세요. 십 년 전에 돌아가셨습니다. 기억 안 나십니까?"

"악질적인 농담은 그만해. 엄마는 저기 분명……."

극도로 쇠약해진 고타로는 간신히 팔을 들어 방구석을 가리켰다.

"정신 차리세요. 저건, 어머님 인형입니다!"

◇◇◇

"이런 결말은 어때, 엄마?"

뒤를 돌아보며 묻자 엄마는 험악한 눈초리로 말했다.

"진지하게 못 하겠니?"

기코쓰奇骨 선생

초여름 햇살이 눈부시다.

이대로 가면 오늘 최고 기온은 삼십 도에 달할지도 모른다.

주소와 지도를 대조해가며 우리는 태양을 향해 걸었다. 이마에 희미하게 땀이 맺혔다.

"선생님께 질문할 내용, 잘 정리했어?"

요시자와가 물었다.

"물론." 나는 대답했다.

그녀의 하얀 블라우스가 태양빛보다 눈부셔서 싱숭생숭했다.

"시마누키, 긴장한 것 같아."

경애하는 작가 인터뷰를 앞두고 긴장한 것은 사실이지만 꼭 그 이유만으로 태도가 어색한 건 아니다. 말할 수 없는 사정도 있다. 요시자와하고 나란히 걷고 있기 때문이라고는, 차마.

"괜찮아. 어떤 질문을 어떤 순서로 할지, 머릿속에 잘 담아 왔으니까. 요시자와도 예습해 왔지?"

"우리 가게에 있던 세 권은 읽어보려 했는데 『황작풍◆의 성』이라는 게 어려워서 절반밖에 못 읽었어. 역사소설은 아무래도 별로야. 그리고 선생님 데뷔작, 뭐더라, 『번인기番人記』였나? 그걸 구하고 싶었는데 그것도 아버지한테 알아봐달라고 했더니 절판이래."

그녀의 집은 동네 서점이라, 도미타 기코쓰의 저서가 세 권 있으면 잘 갖춘 편이다.

"시마누키는 얼마나 읽었어?"

"전부터 여덟 권은 읽었어. 오늘을 위해 구립 도서관에서 찾아서 세 권을 더 읽었으니 전부 열한 권. 『황작풍의 성』도 읽었지. 그건 대표작 중 하나니까. 『번인기』는 현대물인데 산악 모험소설 같아서 굉장히 재미있었어."

요시자와의 얼굴이 환해졌다.

◆ 黃雀風, 중국에서 음력 5월에 부는 남동풍.

"그래. 그럼 너한테 맡길게. 난 떨려서 말을 잘 못할지도 몰라. 진짜 소설가를 만나는 것도 처음이고, 기코쓰 선생님, 어쩐지 무서운 인상이라."

"스스로 인터뷰어를 지원해놓고 안 어울리게 약한 소리는. 무서울 것 없어. 붙임성이 좀 없을 뿐이지."

"그게 무섭단 말이야. 오늘 인터뷰 일정을 전화로 확인했을 때 무뚝뚝한 태도였어. 상대는 고등학생이니까 조금 더 상냥하게 응대해줘도 될 텐데."

토라진 말투도 귀엽다. 하지만…….

"기대가 지나치네, 지나쳐."

"하지만 동네 고등학교 도서부에서 인터뷰 요청이라니, 소설가에게는 기분 좋은 부탁 아니야?"

"그걸 네 입으로 기분 좋다고 하는 거야? 그게 지나친 기대라니까. 상대방은 바쁜 프로 작가야. 학생 인터뷰에 무상으로 응해주는 것만으로도 감사해야지. 편지로 의뢰했을 때는 정중하게 답장을 보내줬잖아."

"그래서 전화가 괜히 더 무서웠어. 때마침 심기가 안 좋았던 걸까? 마감에 쫓길 정도로 바쁜 선생님은 아닐 텐데. 아, 말이 지나쳤나."

요시자와는 혀를 쏙 내밀었다. 확실히 최근 기코쓰 선생은 일

선에서 물러난 느낌이 있다.

그녀가 문득 진지한 표정으로 말했다.

"있잖아. 선생님이라고 부르면 되겠지? 도미타 씨나 기코쓰 씨는 너무 친한 척하는 것 같지?"

"선생님이면 되겠지."

그런 걸로 고민하고 있었나.

"하지만 작가 중에는 선생님이라고 불리는 걸 싫어하는 사람도 있다잖아. '선생님이라 불릴 정도로 멍청하지는 않다'라는 글도 있어. 만약에 도미타 기코쓰 선생님이 그런 사람이면……."

"선생님이 무난해. 그렇잖아, 상대는 쉰여섯 살이고 우리는 열여섯 살. 마흔 살이나 차이가 나니까."

"음, 그렇지. 역시 선생님인가. 선생님이라고 부르지 말라고 하면 그때 따르면 되겠지. 아, 저기, 담뱃가게가 있어. 저길 돌면 금방일 거야."

우체통이 있는 모퉁이를 오른쪽으로 돌자 산울타리를 친 주택이 이어지는 한적한 동네로 바뀌었다. 그리 눈에 띄는 저택은 없지만 꽤 좋은 환경이다.

작가의 집을 방문하는 기분이 나면서 동시에 긴장감이 고조되었다. 인사말이나, 무엇을 어떤 순서로 질문할지 서둘러 복습했다. 요시자와 앞에서 꼴사나운 모습은 보일 수 없고, 만날 기회를 준 선생님께 결례를 저질러서는 안 된다. 아아, 등에 업혀 점점 무거워지는 영감 요괴처럼 중압감이 덮쳐온다.

"……여기야."

요시자와가 작은 목소리로 낮은 문설주를 가리켰다. 나무 명패에 도미타라고만 적혀 있다.

"기코쓰라고는 안 썼네."

"본명은 도미타 마사시니까. 그냥 도미타라고 써두면 공적으로나 사적으로나 통하니 편리하잖아."

문기둥은 있지만 문은 없다. 격자문이 달린 현관까지는 도로에서 대여섯 걸음이었다. 좁은 정원에는 백일홍 나무만 있어 간소한 느낌이다.

"자."

요시자와가 등을 탁 밀었다.

"가자. 약속한 3시도 됐고, 이럴 때는 기세를 몰아서 들어가지 않으면 긴장만 돼."

"난 하나도 겁 안 나." 그렇게 말하고 나서 다시 스스로에게 말했다. "겁 안 나."

성큼성큼 현관까지 걸어가 초인종을 눌렀다. 대답도 없이 문이 드르륵 열리더니 티셔츠 차림의 여성이 나왔다. 여대생 같은 차림에 나이도 젊으니 아마 선생님 따님이리라. 제법 미인이다.

"하타케야마 고등학교 학생들이죠? 들어와요."

우리는 "실례하겠습니다" 하고 인사하고 안으로 들어갔다. 아련한 곰팡이 냄새가 났다. 불쾌한 냄새는 아니다.

구두를 벗어 가지런히 정리하고 있는데 복도에 사람 그림자가 나타났다. 돌아보니 오픈칼라 셔츠에 루프 타이를 맨 기코쓰 선생님이었다. 책에 실린 저자 근영보다 머리카락이 조금 더 하얗고 숱이 적었지만 생각보다 몸집이 크고 관록이 있다. 일자로 다문 입술이 굳은 의지의 발로 같다.

우리는 직립부동 자세를 취했다.

"어서 와요. 약속 시간에 딱 맞췄군. 이쪽으로."

인사할 타이밍도 주지 않고 선생님은 우리를 현관 옆에 있는 방으로 안내했다. 아담하지만 딱 보기에도 응접실 같은 방이었다. 이 집에서 유일한 서양식 방이겠지. 나는 별 근거도 없이 그렇게 생각했다. 벽에는 진자가 흔들리는 고풍스러운 괘종시계가 걸려 있고, 역시 고풍스러운 들창 너머로는 정원의 백일홍이 보였다.

리큐 색•이라 하던가? 선생님이 어두운 녹색 소파에 앉기를 권했지만 선 채로 인사를 마치는 편이 나을 것 같다.

"오늘은 어려운 부탁을 들어주셔서 고맙습니다. 하타케야마 고등학교 도서부 시마누키라고 합니다."

흠잡을 데 없이 시원스럽게 자기소개를 마쳤다고 생각했는데 선생님이 희미하게 미간을 찌푸렸다.

"시마누키, 이름은?"

"시, 시마누키 나오야입니다."

풀네임으로 소개하지 않으면 실례인가? 소설에서는 누가 처음 등장할 때마다 풀네임을 말하곤 하지만 그건 편의상 그런 것이고 부자연스럽다고 생각하는데.

"나오야는 어떤 한자를 쓰지?"

"시가 나오야◆◆의 나오야입니다."

성명판단을 받는 기분이다. 직업상 타인의 이름에 관심이 많은 건지도 모른다. 선생님이 옆으로 시선을 슥 돌리자 요시자와가 풀네임으로 자기소개를 했다.

"요시자와 리나라고 합니다. 잘 부탁드리겠습니다. 저, 리나는 과일 배를 뜻하는 리梨에 나라奈良의 나 자를 씁니다."

"아아, 그렇군. 시마누키 군하고 요시자와 양이라. 자, 앉게나."

◆ 일본에서 다도를 집대성한 센 리큐가 즐겨 썼다는 색으로 녹회색을 가리킨다.

◆◆ 志賀直哉, 일본의 소설가. 객관적인 사실과 예리한 대상 파악, 엄격한 문체로 독자적인 사실주의를 형성하였다.

"저!"

요시자와가 묘하게 큰 목소리로 들고 온 종이봉투를 바로 내밀었다.

"이거, 별건 아니지만 저희 도서부에서……."

잔뜩 긴장해서 뒷말을 제대로 잇지 못했다. 그럴 만도 한가. 눈앞의 기코쓰 선생님은 결코 불쾌한 기색은 아니었지만 웃음기 하나 없고 어쩐지 위압감이 느껴졌다.

선생님은 봉투를 받아들더니 실눈을 뜨고 거기 적힌 영문 로고를 보았다.

"트레드면 양과자점인가?"

"네. 학교 근처에 있는데 피낭시에가 맛있는 가게라……."

"난 그런 과자는 썩 안 좋아하는데."

요시자와가 도와달라는 듯이 나를 곁눈질했다. 어쩔 수 없지. 선생님 취향을 조사할 방법이 없었으니까.

그러자 선생님이…….

"아아, 실례. 고맙게 받겠네. 아내가 친구하고 여행을 가서 딸이 와 있는데 그 녀석이 좋아하겠어."

요시자와는 가슴에 손을 얹고 다행이라는 듯 작게 숨을 토해냈다.

"그나저나 나처럼 수수하고 인기 없는 작가를 인터뷰하러 오다니, 자네들도 유별나군."

여기서는 천만의 말씀입니다, 라는 표정을 지어야.

"부원들 모두 전부터 이 지역에서 활약하시는 선생님 말씀을 꼭 들어보고 싶다고 생각했습니다. 인터뷰를 흔쾌히 승낙해주셔서 다들 기뻐하고 있습니다."

흔쾌히 승낙이라니, 내가 생각해도 어른스러운 표현이다.

기코쓰 선생님이 천천히 무릎 위에 두 손을 얹고 깍지를 꼈다.

"미리 보내준 소책자는 봤네. 진지하게 활동하는 것 같더군."

내가 보낸 도서부 회지를 말하는 것이다. 인상은 나쁘지 않은 듯하다.

"요즘 고등학생은 책을 읽지 않는다는 말을 많이 들어서, 도서실을 더 많이 이용할 수 있도록 여러모로 고민하며 활동하고 있습니다. 선생님께 인터뷰를 부탁드린 것도 작가 선생님의 말씀을 회지에 실으면 사람들의 관심을 끌 수 있을 것 같아 기획한 겁니다."

미리 준비한 설명이었다. 선생님은 오른손으로 뺨을 만졌다.

"요즘 고등학생들이 책을 안 읽는다는 건 정말인가? 제법 오래전부터 그런 소리만 들어. 서점에 가면 제대로 된 책을 사는 건 온통 젊은 사람들로 보이는데 말이야."

예기치 못한 반격이었다. 내 말에 어느 정도 신빙성이 있는지

시험하는 건지도 모른다. 하지만 갑작스레 물으니 어떻게 받아쳐야 할지 모르겠다.

"자네들이 태어나기 전부터 어른들은 한탄했어. 독서 인구가 점점 줄어든다, 이대로는 일본의 장래가 우려스럽다고. 하지만 책이라는 건 어느 시대나 읽는 사람은 아무리 욕을 해도 읽고, 안 읽는 사람은 발길질을 해도 안 읽거든."

"……예."

시작부터 실수한 느낌이지만 선생님은 화제를 바꿔주었다.

"뭐, 그런 건 상관없나. 그래서 내게 뭘 묻고 싶지?"

이제부터 인터뷰 시작이다. 막히지 않고 질문해야 하는데. 허락을 받은 뒤 요시자와가 카세트리코더 스위치를 켰다.

"먼저 선생님 펜네임의 유래를 말씀해주세요."

내가 질문했을 때, 문이 열렸다. 따님이 커피와 쇼트케이크를 가져온 것이다. 딸기가 듬뿍 올라간 케이크를 보고 요시자와는 "우와!" 하고 솔직하게 눈을 빛냈다. 고맙지만 먹으면서 말하기는 불편한데.

"천천히 말씀 나누세요."

따님이 생긋 미소를 짓고 나가자 선생님은 커피를 블랙 그대로 한입 마신 뒤 질문에 답해주었다.

"시시한 말장난이야. 도미타富田라는 성에 넉넉하다는 글자가 들어 있으니까. 기골이 넘친다는 말을 아는가?"

우리는 "아니요" 하고 고개를 저었다.

"돌아가면 사전으로 조사해보게나."

뜻까지 가르쳐주지는 않았다.

"그럼…… 선생님께서 처음 소설을 쓰신 건 언제였습니까?"

요시자와는 접시를 가슴께로 들어올려 케이크를 맛있게 먹고 있다.

"자네들만 한 나이였어. 헤르만 헤세에 심취했던 급우하고 둘이서 어설픈 문예지를 만들며 노는 사이, 내가 소설을 파고들었지. 그 친구는 지금은 해운 회사 중역이야."

"어떤 소설을 쓰셨습니까?"

"대수롭지 않아. 등산을 좋아해서 산에서 얻은 소재가 많았지. 길을 잃은 청년이 산속에서 선경 같은 환상의 계곡을 발견하거나, 겨울 산에서 조난당한 남자가 설녀를 만나 사경을 헤매며 대화를 나누거나. 환상적이기도 하고 관념적이기도 하고. 어느 쪽이든 유치한 작문이었어."

"그때부터 첫 장편소설 『번인기』로 이어지는 주제를 쓰셨던 거군요?"

기코쓰 선생님이 호오, 하고 감탄했다.

"그 오래된 소설을 읽었나? 이제는 서점에도 없을 텐데. 자네는 열의 넘치는 인터뷰어로군."

됐다, 선생님의 마음을 사로잡았다. 반응이 좋다. 이대로 가자.

"제가 처음 읽었던 선생님 작품입니다. 큰 감명을 받았어요. 산카라는 산악 부족을 더 알고 싶어 관련된 다른 책도 찾아 읽었습니다."

하지만 그런 우등생 같은 대답에 선생님은 조금도 웃지 않았다. 상당히 냉정하다. 담담하게 질문을 이어나가는 게 낫겠다.

"그 당시부터 프로 작가를 꿈꾸셨습니까?"

"아니, 그렇지만도 않아. 내 작품을 많은 사람들이 읽을 수 있도록 책으로 내고 싶다는 바람은 있었지만. 들게나."

선생님이 케이크를 향해 눈짓했다. 나는 "잘 먹겠습니다"라고 대답하고 포크를 들었다.

공백이 생기고 말았다. 괘종시계가 똑딱거리는 소리가 조용한 방에 유난히 크게 울렸다. 침묵을 피하고 싶었는지 요시자와가 "저……" 하고 입을 열었다.

"소설을 쓰면 역시 많은 사람들이 읽어주길 바라게 되나요?"

당연하지. 그런데 선생님이 만족스럽다는 듯 고개를 끄덕였다.

"그야 그렇지. 자기 혼자 읽을 생각이라면 일기를 쓰면 그만이잖아? 소설이라는 형태로 쓴 이상 타인에게 읽혀야 해. 내 경우

처음부터 친구와 서로 보여주며 의견을 교환했지만 그 정도로는 타인을 대상으로 썼다고 할 수는 없지."

"아아…… 그러네요. 그럼 소설은 어째서 타인이 읽어주길 바라게 되는 걸까요?"

"소설만 타인을 필요로 하는 건 아니야. 음악이나 미술 작품도 그렇잖아. 작품이 거기에 있는 것만으로는 존재한다고 말할 수 없지. 그건 인간 존재도 마찬가지야. 우리는 타인과의 관계를 통해서만 자기가 누구인지 인식할 수 있으니까."

"……예."

심오한 이야기인지, 당연한 이야기인지, 잘 모르겠다. 그래도 이건 중요한 포인트일지도 몰라 메모하고 싶었는데 하필 수첩이 가방에 들어 있다. 황급히 꺼내려 하면 폼이 나지 않을 것 같았다. 메모는 포기하자.

요시자와가 말문이 막힌 눈치라, 서둘러 케이크를 절반쯤 먹고 다시 질문했다.

"선생님이 데뷔하신 건 서른여섯 살 때셨지요. 그때까지는 다양한 일을 하셨다고 들었습니다. 요릿집 주방에서도 일하시고, 트럭 운전사도 하시고, 업계 신문 기자도 하시고. 그리고……."

선생님이 가로막았다.

"대여섯 번 직업을 바꾸었지만 대부분 반년밖에 못 버티다가 겨우 평범한 회사원으로 자리를 잡았지. 도쿄의 어느 외곽 단체에서 묵묵히 사무 업무를 봤지. 수수하고, 지루하고, 그런 주제에 인간관계가 복잡한 직장이었어. 이십 대 후반부터 거기서 일했는데 하루하루가 헛되이 흐르는 것 같아 유쾌하지는 않았지."

"소설은 계속 쓰셨습니까?"

"육 년 걸려서 대학을 졸업한 다음에는 한동안 멀리했어. 반년마다 직업을 바꾸면서. 다시 원고지를 마주한 건 일에서 오는 울적함을 잊기 위해서였어. 그런데 한번 쓰기 시작하니 이런 것도 쓰고 싶고, 저런 것도 쓰고 싶고, 창작 의식이 맹렬히 솟구치더군. 직장은 점점 더 불편해졌고 누구의 눈치도 보지 않고 마음껏 집필하고 싶어서 이거 직업 작가가 되는 수밖에 없겠구나 했지. 가능하다면 당장 사표를 쓰고 직장에서 뛰쳐나가고 싶었어. 그렇지만 이십 대 초반에 친척들과 친구에게 꽤 큰돈을 빌려서 그걸 갚을 때까지는 경솔하게 행동할 수도 없었고, 사귀고 있던 지금의 아내와 결혼도 고려하고 있었지. 창작 시간을 짜내려고 무직자가 되는 호사는 부릴 수 없어서 오로지 수면 시간을 깎아가며 글을 썼다네."

"현상 소설에 응모하시기 위해서였지요?"

선생님은 커피를 비웠다.

"여러 상에 응모했어. 어딘가에 입선하면 그걸 계기로 일을 그

만들 생각이었지. 신인상 정도로는 생활을 꾸려나갈 수 없다는 건 알았지만 내가 쓰는 글에 그만한 자신은 있었거든. 세상에 나가기만 하면 어떻게든 될 거라 믿었지. 하지만 낙선이 꼬리를 물었어."

어떤 상에 응모했다가 떨어졌는지는 선생님이 직접 상세히 쓴 에세이에서 읽은 적이 있다. 그래서 이 자리에서는 묻지 않았다.

"출판사에 직접 원고를 가져가지는 않으셨어요?"

요시자와가 조심스레 물었다. 선생님은 말없이 고개를 저었다. 가져가지 않았다는 건지, 가져갔지만 실패했다는 건지, 어느 쪽인지 모르겠다. 하지만 고된 시절에 대해서는 꼬치꼬치 캐묻지 않는 게 좋겠다.

"신인상 최종 후보에 오른 게 데뷔하시게 된 계기였지요. 상은 받지 못했지만 한 심사위원이 '이건 출판해야 한다'고 추천하셔서……."

"가키우치 선생님의 천거로 간신히 책으로 나왔지. 아무리 감사드려도 모자라. 그후로는 잘 때조차도 선생님 댁 방향으로는 절대 발을 뻗지 않아."

"데뷔가 결정되었을 때 어떤 기분이셨나요?"

"그야 기뻤지. 진심으로 기쁘고 행복했어."

문득 선생님의 시선이 아득해졌다. 그 짧은 말이 내 가슴을 울렸다. 그렇겠지, 엄청 기뻤을 거야, 그런 상상을 하며. 무심코 '이해합니다' 하고 엉뚱한 소리를 할 뻔했다.

"시마누키 군은 왜 실실거리는 건가?"

그렇게 묻기에 가슴이 철렁했다. 황급히 표정을 가다듬었다.

"아니, 저…… 꿈이 이루어져서 얼마나 감격스러웠을까 하고……."

"맞아, 감격스러웠지. 바로 준비해두었던 사표를 상사에게 제출했어. 이로써 나는 작가다, 그렇게 생각했으니까."

"그때는 아직 결혼은 하지 않으셨고요?"

요시자와가 물었다.

"했지. 나도 아내도, 연애 기간이 너무 길어지는 건 싫었기 때문에 서른 넘어서 바로 가정을 꾸렸어. 첫 번째 책의 출간이 결정되었을 때, 아내 뱃속에 딸이 있었지."

"그럼 겹경사였겠네요." 요시자와는 그렇게 말하고서 심각한 목소리로 물었다. "하지만 그런 시기에 회사를 그만두는 게 불안하지 않으셨어요?"

"조금도 불안하지 않았어. 다만 아내가 뭐라 말할지 신경쓰였지."

"사모님은 허락해주셨군요?"

"그 정도 이해심은 있었어."

요시자와는 신에게 기도하듯 두 손을 모았다.

“흐뭇한 이야기예요.”

왠지 천진한 반응이었지만 그 동작은 무척 귀여웠다.

나는 여기서 꼭 묻고 싶었던 질문을 하기로 했다.

“소설가가 되려면 무엇이 가장 중요한가요?”

뭐든 상관없으니 나를 자극해줄 말을 원했다. 선생님의 눈을 똑바로 쳐다보았다. 선생님은 아무것도 아니라는 듯이 대답했다.

“포기하지 않을 것. 그게 전부야.”

“……예.”

“뭔가 목표를 세웠을 때 그걸 반드시 달성할 방법은 없어. 하지만 미달로 끝내는 확실한 방법은 있지. 포기하는 거야. 포기한 순간에 목표는 소멸한다. 이렇게 하면 소설가가 될 수 있다, 그런 비결은 없어. 다만 포기하지 않으면 가능성은 사라지지 않아. ‘잘도 되겠다’ 하고 남들이 비웃을지언정. 내가 할 수 있는 말은 그뿐이네.”

포기하지 않을 것. 그런가, 포기하지 않으면 되는 거다. 확실히 비결도 뭣도 아니지만 나는 그 답에 충분히 만족했다.

그러자 선생님이 쏘아보더니…….

“자네는 소설가 지망생인가?”

대번에 들켰다. 쑥스럽기도 했지만 숨기지 않는 게 이야기하기 편하다.

"예."

단호하게 대답했다.

과거의 내 모습을 보는 것 같구나, 하고 선생님이 껄껄 웃는 장면을 상상했다. 하지만 그 기대는 완전히 배반당했다.

"요새 많단 말이지."

쌀쌀맞은 소리를 들었다. 냉담할 정도다.

"작가를 꿈꾸는 젊은이들이 많아. 달리 목표가 없나? 인기 가수가 되어 마음껏 자신을 알리고, 온 나라의 인기를 그러모으길 꿈꾸지는 않나?"

그런 건 제 취향이 아닙니다, 그렇게 대답하려 했지만 말할 기회를 얻지 못했다.

"싫어? 맞아, 사람들 앞에 서서 재주를 부리는 건 힘들어 보이지. 작가가 좋아. 방에 틀어박혀 착실하게 일할 수 있고, 남들 앞에 나가지 않으니 주위에서 신비한 일을 한다고 착각해줄지도 몰라. 힘도 들지 않아, 땡볕에 땀 흘릴 일도 없어, 찬바람을 맞을 일도 없어, 만원 전철에 타지 않아도 되지, 스승에게 욕을 먹어 가며 수행할 필요도 없거니와 연극이나 영화의 세계와 달리 창작을 위한 밑천도 필요 없지. 장점만 가득한, 이상적인 일이야. 베스트셀러를 쓰면 큰 부자가 될 수 있다는 꿈도 꿀 수 있고, 선생님이라 불리면 기분 좋을 것 같아. 그렇지?"

기코쓰 선생님은 진심으로 화를 내고 있었다. 왜 심기가 나빠졌는지 모르겠다. 무례한 소리나 경솔한 말은 하지 않았는데. 돌변한 태도에 황당했다. 그리고 무서웠다.

"선생님, 저는 그런 생각은……."

"그럼 무슨 생각이지?"

무슨 생각이냐니, 그건 말할 것도 없다.

"소설을 좋아해서 직접 쓰고 싶습니다. 아직 친구한테도 보여주지 않았지만, 지금도 쓰고 있습니다. 좋아하니까요. 그리고 저, 선생님께서 아까 말씀하신 대로 그걸 많은 사람들이 읽어주었으면 해서, 그래서 소설가가 되면 좋겠다고……."

선생님은 가엾은 사람을 봤다는 듯이 한층 표정을 흐렸다.

"그래? 좋아한다면 하면 돼. 하지만 인간에게는 재능이라는 제약이 있어. 헛된 인생을 보내지 않도록, 자기 한계를 깨달았으면 그때는 미련 없이 포기하는 게 좋아."

아까하고 말이 다르잖아. 나는 표현을 골라가며 반론했다.

"물러날 때를 아는 것도 중요하지만 저는 아직 열여섯 살이라 재능 이전에 인간으로서 미숙하다는 것도 압니다. 그러니 이건 반드시 포기하는 게 낫다는 생각이 들 때까지, 열심히 도전해보고 싶을 뿐입니다. 다만 도전하다가 인생이 끝난다 해도, 헛되다 생각하지 않습니다. 스스로 납득한다면 그것도 가치 있는 삶이라고 생각합니다만…….”

“소설을 연모하는 일생이 말인가?”

“예.”

선생님은 여전히 씁쓸한 표정이었다.

“골프를 발명한 사람에게 노벨상을 주고 싶다고 말한 남자가 있었지.”

“네?”

이야기가 비약했다.

“골프를 정말 좋아하는 지인이 진지하게 말하더군. 그런 유희가 그에게는 최고의 가치를 갖는 거야. 참으로 한심한 소리지만 자기가 좋아하는 것에 대해서는 누구나 늘 과대평가를 내리지. 소설가를 동경하며 헛되이 보내는 인생을 받아들인다, 그게 가치 있는 삶일까? 생명과 영혼의 낭비야. 소설가가 되기에 걸맞은 적령기는 없어. 그래서 고약한 거야. 야구 선수나 피아니스트를 꿈꾸는 소년 소녀는 어느 시기가 오면 꿈에 손이 닿지 않는다는 사실을 깨닫지. 하지만 소설가라는 꿈은 늙어 지칠 때까지 계속 가질 수도 있어. 그런 건 더이상 꿈이 아니야. 악몽이지.”

나는 여전히 혼란스러웠다. 선생님이 갑자기 미쳤나? 열여섯 살 고등학생이 작가를 지망한다는 것만으로 이토록 비난받을 이유는 없다. '힘내게' 하고 격려해줘도 되잖아. 그걸 기대하는 내가 안일한가? 아니, 역시 선생님이 이상하다.

"……저."

요시자와가 조심스레 끼어들었다. 선생님은 말투를 누그러뜨리고 "뭔가?" 하고 물었다.

"요즘은 작가가 되고 싶다고 말하는 아이가 많아서, 제 주변에도 작가를 지망하는 아이가 몇 명 있지만…… 개중에는 '아직 소설을 써본 적 없다'거나 '활자가 가득해서 읽기 힘든 책은 패스'라고 말하는 작가 지망생도 있지만…… 시마누키는 훨씬 진지하게 생각하고 있어요. 얘는 항상 진지하거든요."

고마운 엄호였지만 나는 도리어 민망했다. 그만 됐어. 이유는 모르겠지만 선생님의 기분을 상하게 한 내 잘못이다. 기코쓰 선생님은 상상했던 것보다 훨씬 편협하고 까다로운 사람이었다. 그뿐이다. 나는 의기소침해 선생님께 발언의 진의를 다그칠 기력마저 잃었다.

"시마누키 군이 불성실하다고 꾸짖는 게 아니야. 그가 어떤 글을 쓰는지 모르니까. 말이 심했는데, 내가 하고 싶은 말은 오직 하나, 소설가를 지망했다가는 수렁에 빠질 수 있으니 조심하라는 거야. 젊었을 때는 정열에 들뜨기 쉽지만 냉정히 잘 생각해서 진로를 결정하는 게 좋아."

아까 한 말은 그런 일반론이었을까? 작가 지망 고등학생에 대한 혐오와 거부가 잔뜩 담겨 있는 것 같았는데.

"소설을 좋아하는 고등학생이 소설가를 지망하는 건 자연스러운 일이잖아요?"

움츠러든 나를 대신해 요시자와가 맞서기 시작했다. 반발하는 건지도 모른다. 그녀는 학교에서도 시험 채점이나 생활 지도 방식을 두고 선생님과 종종 대립하는 타입이다.

"그건 자연스러운 일이지."

"대학생이 되어도, 사회에 나가서도, 그 마음을 그대로 간직한 사람은 많겠죠. 그건 훌륭하다고 칭찬받을 일은 아니지만 본인이 받아들인다면 가치 없는 일은 아닐 거예요."

저도 모르게 시선을 떨어뜨리고 있던 나는 눈길을 들어 선생님을 살펴보았다. 작가는 다시 무릎 위에서 깍지를 꼈다.

"자네들은 젊어. 나 같은 사람이 보면 아직 엉덩이에 달걀 껍데기를 붙이고 아장아장 걸어 다니는 병아리나 마찬가지야. 아니, 이건 우습게 여겨서 그러는 게 아니라 내 나이대 사람들의 감각이 그래. 그렇게 젊은 자네들이 꿈을 안고 그 길을 가는 건 기본적으로는 멋진 일이야. 인생은 한 번뿐이니 좋아하는 일을 실컷 하라고 권하고 싶어. 하지만 그런 인생의 일회성은 다른 방식으로 볼 수도 있어. 인생은 단 한 번뿐이야. 그래서 실패하면 비참한 게야."

그런 생각은 별로 해본 적이 없었다.

"딜레마야. 한 번밖에 없는 인생이니 꿈에 도전하고 싶지. 하지만 그 꿈이 깨졌을 때는 단 한 번뿐인 인생을 실망 속에서 보내게 될지도 몰라. 그런 건 다 알고 있다고 말할지도 모르지만, 열에 들뜬 사람은 대체로 진정한 각오 없이 달려나가거든. 나중에 후회해도 아무도 자네들의 인생을 책임져주지 않아. 꿈을 좇으려면 우리의 숙명인 인생의 일회성이 갖는 딜레마에 대해 철저히 고민한 다음에 하게."

작가 지망생이 좌절하면 바로 파멸이 기다리고 있다고 말할 기색이다. 극단적이잖아.

"선생님 말씀은 알겠습니다. 저도 후회하는 인생은 살고 싶지 않습니다. 그래서 작가가 되려는 겁니다. 꿈을 좇다가 실패하더라도 후회는 없습니다. 오히려 도전을 멈추고 안전과 안정을 고른다면 후회할 것 같습니다. 아니, 애초에 안전과 안정을 골라도 그걸 달성할 수 있다는 보장도 없잖아요. 어떤 길을 골라도 앞이 보이지 않는 건 마찬가지라고 생각하는데요……."

위험을 두려워하지 않는 용감한 청년처럼 떠들고 말았지만, 그건 사실 본심과는 달랐다. 나는 그리 모험심이 충만한 사람이 아니다. 학창 시절에 작가가 되지 못하면 취직을 하고, 가급적 결혼도 하고, 아이를 키우면서라도 소설을 계속 쓰고 싶다. 하지만 그걸 솔직하게 말하면 '그런 안일한 생각으로 잘될 것 같으냐'며 호통을 들을 것 같아 싫었다.

"물론 어떤 삶을 선택해도 한 치 앞이 어둠인 건 마찬가지지만."

선생님이 희미하게 조소했다.

"하지만 분명한 사실이 있어. 출판은 사양 산업이고 작가의 미래는 어두워. 아, '저는 그런 잣대로 진로를 선택할 마음은 없습니다'라는 반론은 잠시 접어두게. '순수하게 소설이 좋아서 작가가 되고 싶은 것뿐입니다'라는 말은 깊이 생각해볼 문제야. 이상한 비유지만 가령 자네가 좋아하는 게 양잠이라고 생각해봐. 훌륭한 양잠가가 되고 싶다고 큰 꿈을 품은들 현재 일본에서 양잠업은 불경기야. 앞으로 누에를 키워 생사를 만들고 싶으면 도락으로 하는 수밖에 없지."

너무 이상한 비유였다. 게다가 또 이야기가 바뀌었잖아.

"저, 작가는 그렇게 미래가 없는 직업인가요?"

요시자와는 이해할 수 없다는 표정이다. 그 질문에 대답하는 선생님의 말투는 나를 대할 때보다 훨씬 부드러워졌다.

"소설이 이 세상에서 사라지지는 않아. 소설의 매력은 영원하겠지. 하지만 작가라는 직업은 지금이 최고조야. 머잖아 출판사가 도태되고, 그와 동시에 숙청에 가깝게 작가가 도태되기 시작할 거야. 고전적인 표현으로 말하면 해고, 요즘 속된 말로 하자면 구조 조정이지. 앞으로 대대적인 구조 조정이 시작될 업계에 전도유망한 청년이 아무것도 모르고 들어올 필요는 없어."

"어, 저, 출판사가 도태된다는 건 줄줄이 도산한다는 뜻인가요?"

"대놓고 말하면 그렇지. 도심 대형 서점에 매일 홍수처럼 신간이 쏟아지고, 매장이 손님들로 북적거려도 이 나라의 출판계는 심각한 위기에 직면해 있어. 죽음에 이르는 병이 가져온 열에 시달리고 있는 거야. 자네들은 모르겠지만."

"알아요."

요시자와는 그렇게 말하고 작은 목소리로 덧붙였다.

"저, 조금은 알 것 같아요. 저희 집이 서점이라."

선생님이 눈썹을 꿈틀거렸다.

"어허, 그랬나. 동네 서점인가?"

"예. 할아버지, 아니, 조부 때부터 이어온 스무 평 남짓한 가게예요. 뒤를 이을지 말지로 오빠와 부모님이 자주 의논하는데 아버지가 시장이 어려우니까 그만두라고 하세요. 오빠도 저처럼 책을 많이 좋아해서 물려받고 싶어 하지만……."

가게 경영 상태가 썩 좋지 않다는 건 요시자와에게 들은 적이 있었다. 선생님은 고개를 끄덕이고 나서 내게 설명했다.

"단순히 중소 규모 동네 서점들이 대형 서점이나 편의점과의 경쟁에 져서 고황에 빠져 있다는 이야기가 아니야. 출판물 시장 자체가 이미 축소되고 있어. 출판 불황이라고 말하는 이도 있지만 경기 운운하는 문제가 아니야."

"……활자를 멀리하고 책을 읽는 사람이 감소하고 있는 겁니까?"

인터뷰 초반에 선생님은 그렇지는 않다고 했는데.

"더이상 오락도, 정보 수집도 책에서 얻는 시대가 아니니까. 교양을 갈망하는 사람도 훌쩍 줄었고, 활자의 위광은 빛을 잃었어. 하지만 그래서 출판 시장이 축소되고 장래가 어두운가 하면 사정은 그리 간단하지만도 않아. 병소는 업계 구조에까지 퍼졌어. 일 년 동안 신간이 얼마나 나오는지, 자네는 아는가?"

그 질문에 요시자와가 생각에 잠겼다.

"……정확히는 모르겠지만 하루 백 권으로는 턱도 없을 거예요."

"백 권으론 턱도 없어, 2000년 한 해 동안 나온 신간은 육만 칠천 권이었다고 하네. 일요일이나 휴일, 연말연시나 백중 휴가 때는 신간 배본을 피하지? 그런데도 이 숫자야. 하루 평균 이백오십 권쯤 된다고 해. 날마다 이백오십 종류의 신제품이 발매되는 건 출판계뿐이야. 도저히 정상적인 사태라고 볼 수 없지. 참고로 80년대 초반 신간 권수는 지금의 절반밖에 되지 않았어."

"아버지가 자주 한탄하세요. 이렇게 줄줄이 책을 보내와도 가게에 내놓을 수 없다고요. 그래서 신간 상자를 뜯어서 살짝 들여다보고 '이건 필요 없어' 하고 책장에 꽂지도 않고 반품하는 일도 흔해요. ……왜, 책은 이쪽에서 주문하지 않아도 중개센터에서 자동으로 보내오거든."

내게 설명해주지 않아도 그 정도는 안다. 중개센터가 도매 서점이라는 것도.

"가게를 자주 도와서 저도 쓸데없는 짓을 한다 싶어 기가 막힐 때가 있어요. 반품한 책이 바로 휴지조각이 되는 건 아니지만 종이 자원 낭비고, 운송에 쓰인 기름도 낭비고, 그 책을 만드는 데 관여한 사람들의 노력이 전부 아깝게 느껴져서……. 아버지는 '책이 안 팔리니 출판사는 계속 신간을 내는 거야. 악순환이지'라고 하세요."

"아버님 말씀이 옳아. 그런 사정이야."

어떤 사정인지 나는 잘 이해하지 못했다. 요시자와는 또렷한 목소리로 말했다.

"반품 작업도 힘들어요. 책이 줄줄이 들어오니 가게에 넘쳐나는 책도 많아서……."

"서점에 들어오는 책 가운데 4할이 반품된다더군. 평균이 그 정도이니 책에 따라서는 인쇄량의 7할, 8할이 반품되는 경우도 드물지 않아. 자기가 쓴 글이 책이 되어 일을 하나 마쳤구나, 하고 기뻐하는 작가는 자기 책의 실제 판매율을 모르지. 모르니까 프로 작가입니다, 하고 태평할 수 있는 거야."

들을수록 이상한 소리다. 인쇄한 수량의 절반도 팔리지 않는 책을 쓰면 출판사에서 내칠 텐데.

"한 가지 여쭤봐도 될까요? 서점에 진열도 되지 않는 인기 없는 책을 만드는 출판사가 어째서 계속 신간을 낼 수 있는 겁니까?"

선생님이 뺨을 누그러뜨리더니 "좋은 질문이야"라고 했다.

"당연한 질문이지. 바로 거기에 문제의 핵심이 있어. 출판계 구조에 관한 문제의 핵심 말이야. 팔리지 않는 상품을 남발하면 이윽고 자금 변통이 어려워 파산할 텐데, 출판사는 그렇게 되지 않아. 재판매 가격 유지 제도, 재판再販 제도라는 말을 들은 적 있나?"

신문에서 본 적 있다. 그리 자세한 건 모르지만 요컨대 서적이나 잡지는 전국에서 똑같은 정가로 판매해야 한다는 규칙이다. 그 제도 때문에 서점은 할인을 할 수 없고, 표지가 찢긴 상품도 값을 깎아주지 않는다.

“바로 그거야. 세상에는 별처럼 많은 소비재가 넘쳐나는데 이 제도 때문에 정가가 공고하게 지켜지는 건 출판물뿐이야. 일정 기간 후 자율 가격으로 판매 가능한 시한 재판時限再販 도서처럼 일부 예외는 있지만. 자네는 출판물 유통에도 아주 관심이 없는 건 아닌가 보군. 그렇다면 서적이나 잡지가 위탁 판매되고 있다는 것도 알고 있나?”

“팔다 남은 건 서점이 반품할 수 있다, 그런 말씀인가요?”

“출판사는 중개센터를 통해 만든 책의 대부분을 적당히 가늠해 서점에 넘기고, 서점은 그중에서 임의로 고른 책을 매장에서 판매하는 흐름이지. 그렇게 가늠해서 보내는 것 말고 서점이 자발적으로 발주한 책은 반품할 수 없는데, 사실은 그것도 그냥저냥 반품이 가능해.”

요시자와가 고개를 끄덕였다. 선생님은 말을 이었다.

“책을 납품한 시점에서 중개센터는 서점에 지불을 청구할 수 있어. 그리고 대형 출판사의 경우 중개센터에 책을 납품한 시점에 대금을 받을 수 있지. 만약 서점이 ‘이런 책은 안 팔리니까 두지 말자’ 하고 당장 반품하더라도 일단은 지불 청구가 발생해서 반품 대금을 받을 때까지 시간 차가 생기는 거야. 반품한 짐이 중개센터에 도착했다고 그 순간에 구매 대금과 상쇄할 수는 없으니까. 이해하겠지?”

어려운 이야기는 아니다. “예” 하고 대답했다.

“아까 서적 반품율이 4할에 달한다고 했지. 그건 팔리는 책이 적은 탓도 있지만 재판 제도와 위탁 판매 제도로 보호받는 서점이 스스로 위험을 떠안지 않는 걸 핑계로 책을 마구 사들이고 마구 반품하는 게 큰 요인이야. 서점 입장에서는 팔리지 않는 책만 들어오고, 팔리는 책은 원활하게 입하되지 않으니 그렇게 될 수밖에 없다고 변명하는 모양이지만. 마구 반품당하는 쪽에서는 어떤 대책을 세울까? 그래, 그 성난 파도를 능가할 만큼 납품하면 돼. 납품 분량의 지불과 반품 분량의 지불에는 시간 차가 있으니 그걸 이어나가는 동안에는 출판사는 망하지 않아. 어리석다고 생각하지 않나?”

무의미한 행위처럼 느껴졌다.

“출판사가 서적이나 잡지라는 형태의 청구서를 인쇄해서 흩뿌리고 있는 것 같아요.”

“그리고 서점은 반품이라는 청구서를 계속 되돌려 보내고 있는 거지. 기묘한 광경이야. 어때, 출판물의 정체가 보이지? 출판사가 찍어내는 것들의 대부분은 단순한 청구서고, 너구리나 여우가 나뭇잎으로 만들어 쓰는 가짜 돈이라고 해도 무방해. 그런 게 빙글빙글 맴을 돌고 있을 뿐이지. 많은 작가들은 가짜 돈의 형태를 제공하고 있는 데 지나지 않아.”

엄청난 발언이다.

그러니까 출판사는 팔리지 않는 책을 계속 낼 수 있고, 반품율이 7할이나 되는 작가에게도 일이 돌아간다는 뜻인가. 하지만…….

"그런 일이 언제까지고 계속될 수 있을까요?"

"불가능하지. 이런 순환은 언젠가 붕괴해. 책의 수요가 늘어나면 몰라도 정작 그게 줄어들고 있으니까. 서적의 연간 매출은 96년이 최고점이었어. 분명 일조 구백억 엔이었나. 권수로 구억 천오백만 권이지. 용케 기억하는구나 하고 놀랐지? 하지만 이건 모든 저술가가 마음에 새겨둬야 할 숫자야. 그후로 21세기 초 현재에 이르기까지 매출도 판매 부수도 그걸 뛰어넘은 적이 없어. 그런데도 신간 수만 거품처럼 늘어나고 있는 건 파국이 눈앞에 들이닥쳤다는 증거야."

"그걸 피할 방법은 없습니까?"

"다양한 제언을 하는 출판인들이 있지. 재판과 위탁 판매라는 제도를 철폐하고, 시장을 단속하는 수밖에 없다는 소리도 자주 들려. 하지만 그것도 다른 지옥으로 가는 길일지도 모르네. 반품을 허락하지 않는 주문 매절 제도를 채용할 경우, 중소 서점이 버티지 못하고 줄줄이 문을 닫을 테고 살아남은 대부분의 서점은 어지간히 큰 서점을 제외하고는 팔기 쉬운 책만 갖춰놓

게 되겠지. 팔리는 책만 남는다는 도태가 시작되는 거야."

정말일까? 꼭 그렇다고 단언할 수는 없을 것 같은데.

"과거 유통업계 신문을 편집했던 시절의 친구와 얼마 전에도 출판계의 앞날에 대해 토론했어. 재판과 위탁 판매 제도가 사라질 경우, 출판사의 8할이 사라질 거라는 게 그의 견해야. 나도 동감하고. 개중에는 분명 팔기 힘든 양서를 만들어온 유서 깊은 회사도 많이 포함되겠지. 그리고 작가도 8할쯤은 구조 조정되고 말 거야. 비정상적인 자전거조업에서 벗어나기 위한 변혁 뒤에는 빈곤한 신세기의 출판계가 남는 거지."

지나치게 비관적인 견해 아니냐고 말하고 싶었다. 출판계에 다양한 문제가 있는 건 사실이겠지만 아무래도 협박당하는 기분이다.

"어때, 이렇게 암담한 미래상을 보여줘도 열여섯 살 자네는 아직도 작가가 되고 싶은가?"

아아, 그런 얘기를 하고 있었지.

퍼뜩 대답이 나오지 않았지만 역시 기코쓰 선생님의 태도는 이해하기 어려웠다. 결국 선생님은 무슨 말을 하고 싶은 걸까? 아무리 생각해봐도 앞뒤의 모순을 무시하고 쉴 새 없이 화제를 바꾸며, 이 방법 저 방법으로 작가의 꿈을 단념하게 하려는 것만 같다. 출판계는 위기 상황이니 작가가 되려는 생각은 접어라?

오지랖도 넓다. 무엇보다 선생님 이야기를 어디까지 믿어도 될지 의심스럽다. 어째서 내가 작가를 꿈꾸겠다는데 인정해주지 않는 거지? 설마 미래의 라이벌이 아직 새싹일 때 뽑아버리려는 속셈도 아닐 텐데.

황당무계하다.

내가 좌절할 줄 알고?

이 이상 선생님의 이야기에 귀를 기울여도 헛일이다. 아직 도전도 해보지 않은 단계에서 '무서워졌으니 그만두겠습니다'라고 할 수는 없다. 노여움을 사도 알 게 뭐야, 하는 심정으로 말했다.

"몰랐던 사정을 이것저것 알려주셔서 감사합니다. 하지만 저는 작가의 길을 목표로 하겠습니다."

"황소고집이군."

호통은 듣지 않았지만 코웃음을 샀다.

"아버지도 자주 그런 말씀을 하십니다."

선생님이 또 눈썹을 꿈틀거렸다. 아버지라는 말에 반응한 것 같았다.

"고집 센 아들이라고?"

"예. '네가 소설가? 꿈도 꾸지 마라. 공부나 열심히 해서 취직이나 해'라고 잔소리가 많습니다. 제가 쓴 글을 멋대로 읽고 재능이 없다고 단정짓고 있는 것 같아요."

"시마센이 그런 소리를 하나."

선생님은 무심결에 그런 말을 흘렸다가 얼굴을 찌푸렸다. 나는 깜짝 놀라 되물었다.

"제 아버지 이름이 시마누키 센이치인데…… 선생님이 그걸 어떻게 아십니까?"

굳이 말할 필요가 없어 잠자코 있었는데, 아버지는 편집자다. 선생님은 아버지를 알고 있을지도 모른다. 그리고 내가 시마누키 센이치의 아들이라는 것도 알고 있었던 게 아닐까?

"역시 그런가."

선생님은 한숨을 쉬고 등받이에 상체를 묻었다.

"세이요샤를 대표하는 편집자잖아. 그럼, 알다마다. 시마누키라는 성도 흔하지 않고, 시마센이 '아들 이름은 시가 나오야에서 따왔어'라고 말하는 걸 들은 적이 있어서 자네가 그 아들이 아닐까 짐작은 했지. ……그만 말실수를 했군."

아버지는 기코쓰 선생님의 담당 편집자는 아니다. 그래도 업계 안에서 그럭저럭 이름을 떨치고 있으니 선생님도 시마센이라는 애칭으로 부르는 것이리라.

"어때, 시마센은 집에서도 으스대나?"

나는 망설이지 않고 끄덕였다.

"굉장히 으스댑니다. 가족에게도 거만하고, 작가에 대한 폭언도 서슴지 않아요. 실력 있는 인기 작가는 모두 자기가 키웠다고 하고, 신인 작가는 대개 고만고만한 송사리들뿐이라고 바보 취급해요. 당신이 뭔데 싶어서 화가 나요."

"시마센이 할 법한 소리군." 선생님은 쓴웃음을 지었다.

"자기가 문화나 교양의 정점에 있다고 믿고 있어요. 누구도 칭찬하지 않아요. 이따금 거물 선생님한테 전화가 오면 공손하게 응대하지만 수화기를 내려놓자마자 '어린애 같은 영감이네. 치매 걸린 쭉정이가' 하고 욕지거리를 해요. 천박한 사람이에요."

"하지만 잘 벌어 오잖아. 고마운 아빠 아닌가?"

"그런 인간이 후한 월급을 받으니 출판계가 이 모양인 겁니다."

선생님의 표정이 딱딱하게 굳었다. 아무래도 애써 웃음을 참으려고 그러는 모양이다. 내가 아버지를 매도하는 걸 기뻐하고 있다. 오만하고 위압적인 친아버지를 욕하면서 나도 가슴이 뻥 뚫리는 쾌감을 느꼈다.

"시마센은 아들에게도 '네가 소설가? 꿈도 꾸지 마라' 같은 소리를 하나. 이거야 원, 그 말이 입에 들러붙은 모양이군. 몇 명의 신진 작가가 그 말에 울고, 가련하게 좌절했는지."

선생님은 입맛이 씁쓸하다는 듯이 입술을 오므렸다. 혹시 아버지는 선생님에게도 그런 말을 했나?

"좌절한 인간은 '좌절하는 사람이 잘못이지'. 꺾이지 않은 사람은 '가능성을 믿고 단련시켰다'. 어느 쪽으로 굴러가도 자기 공으로 삼으니까 고약해. 수박이 익었는지 살펴보려고 곤봉으로 힘껏 내리치며 다니는 격이지. 덕분에 수박밭에는 박살난 잔해만 가득해. 다들 한 번뿐인 삶을 살아가는 수박들인데. 나는 겨우 버텨냈지만……"

아버지는 선생님에게 어떤 고약한 짓을 했을까? 너무 궁금했지만 무서워서 물어볼 수 없었다.

"시마누키 군."

선생님은 진지한 얼굴로 내 눈을 똑바로 쳐다보았다. 반사적으로 허리를 곧게 폈다.

"다음에 자네가 쓴 작품을 가져오게. 내가 할 수 있는 범위에서 조언을 해주지."

정말입니까, 하는 말조차 나오지 않았다. 선생님의 태도가 일변했다.

"작가가 되고 싶다면 해보게. 꿈도 꾸지 말라고 지껄인 아버지한테 한 방 먹이는 거야."

목덜미에, 두 뺨에, 소름이 돋았다. 이렇게 힘찬 격려를 받기는 난생처음이었다.

"예. 반드시 작가가 되어, 시마센에게 한 방 먹이겠습니다."

"아까는 무례한 소리를 해서 미안했네."

선생님은 머뭇머뭇 사과했다. 나는 크게 고개를 저었다.

지금은 전혀 불쾌하지 않다. 편집자 시마센에게 오랜 세월 쌓인 원한을, 문학청년인 양 굴며 작가를 지망하는 그 아들에게 쏟아내고 풀어내려 했다니 이 얼마나 인간적인 선생님인가. 어른의 태도는 아니지만 나는 선생님의 마음을 알 수 있다. 안다고 믿고 싶었다.

"알겠나, 시마누키 군. 작가란 직업은 모름지기……."

선생님이 그렇게 말하다가 불쑥 입을 다물었다.

"아니, 한꺼번에 다 이야기하는 건 삼가야지. 자네는 앞으로 우리집에 자주 올 테니까."

"예." 나는 그렇게 대답했다.

햇살이 아직 눈부시다.

선생님 댁에서 물러난 우리는 한동안 말없이 역을 향해 걸어갔다.

"자."

중간쯤 왔을 때 요시자와가 카세트테이프를 내밀었다.

"오늘 인터뷰. 네가 정리하는 게 좋겠지?"

나는 끄덕이고 테이프를 가방에 넣었다.

"있지."

뭔가 말하고픈 눈치였다.

"어, 뭐? 오늘은 일이 이상하게 흘러가서 깜짝 놀랐지?"

그녀는 그 말에는 대답하지 않고…….

"네가 쓴 소설, 다음에 나도 보여줘."

두 사람의 발길이 멈추었다.

그 귓가에서 반짝이는 귀밑머리를 바라보며, 나는 대답했다.

"좋아."

사인회의 우울

"농담은 그만하시죠."

데시가와라 히데키는 하얀 이를 드러내며 웃었다.

"신작 출판 기념 사인회라고요? 안 통해요, 안 통해, 쓰루오카 씨. 그 수법에는 안 넘어갑니다. 오늘이 4월 1일이라는 건 저도 알아요. 훤히 보인다고요."

"천만에요. 담당 편집자의 명예를 걸고 만우절이라고 그런 고약한 농담은 하지 않습니다. 진지하게 의논드리는 겁니다. 어떻습니까, 해보지 않겠습니까?"

쓰루오카 신타로는 홍차 잔을 내려놓더니 골프장에서 그은 얼굴을 바짝 들이밀었다. 눈을 보니 진지하다는 건 알겠다.

"진심이군요?"

"진심이라고 말씀드리잖습니까."

"난처하네."

히데키는 얼굴을 문지르며 커피를 한 모금 마셨다. 늘 그렇듯 향기가 부족한 모카였다. 쓰루오카가 항상 회의 때 이 카페를 고르는 것은 단순히 회사에서 가깝고 편하다는 이유뿐이리라.

"난처하실 일이 뭐 있습니까. 작가가 신간을 낸 기념으로 사인회를 하는 것뿐입니다. 물론 제대로 된 서점 이벤트로 여는 사인회입니다. 시부야 교차로 한복판에서 하자는 게 아닙니다."

당연하다. 그런 짓을 했다가는 순경에게 끌려가거나 자동차에 치여 죽는다.

"어째서 그리 싫어하십니까? 작가 사인회는 드문 일도 아니잖습니까."

편집자는 쓴웃음을 지으며 팔짱을 꼈다. 남에게 부탁을 하면서 면전에서 팔짱을 끼다니. 히데키는 굉장히 고압적이라고 생각했다. 하지만 그들의 역학 관계로 보면 그 정도는 별수없을지도 모른다. 상대는 대형 출판사 무사시노쇼보의 인기 편집자, 이쪽은 아직 '수습 기간중'인 신진 작가니까. 나이로 봐도 상대가 다섯 살쯤 많다.

"반대로 쓰루오카 씨에게 여쭙고 싶습니다. 어째서 저 같은 사람에게 사인회를 시키려는 겁니까? 데뷔한 지도 일 년 정도밖에 되지 않아 인지도도 낮고, 사인회를 해도 사람들이 모이지 않을 게 뻔한데요."

히데키는 반문했다. 편집자는 팔짱을 낀 채로 노를 젓듯 상체를 앞뒤로 흔들고 있었다.

"영업부에 있는 동기 녀석에게 부탁을 받았습니다. 데시가와라 씨에게 사인회를 꼭 부탁하고 싶다고요."

"참 별난 분이시네요. 사인회를 부탁하려면 훨씬 저명한 작가가 많을 텐데."

"아닙니다. 그녀…… 아아, 그 영업부 직원이 여성인데, 그게, 그녀의 아이디어는 아닙니다. 데시가와라 씨를 꼽아서 사인회를 하고 싶다는 서점이 있어서 그 청을 들어달라는 겁니다. 영업 직원으로서는 함부로 거절할 수 없잖아요."

그런 서점이 있다니 믿을 수 없다. 정말인가? 설마 하고 불길한 예감을 느끼며 물어보았다.

"……어느 서점입니까?"

"데시가와라 씨 고향, 후유키 정에 있는 '하이카라도'입니다. 육십 평쯤 되는 지역 최고 서점이라 들었습니다."

그럴 줄 알았다.

"어라? 미간을 찌푸리시다니, 싫으십니까?"

"솔직히 싫습니다."

"어째서요?"

"어째서긴요, 나고 자란 동네 서점 앞에서 사인회를 하다니 쑥스럽잖아요. 초중학교 동급생이나 이웃 아주머니들이 줄줄이 구경하러 올지도 모르고."

"그게 무슨 문제입니까? 아는 사람이 응원하러 와주면 든든하잖아요. '어머, 데시가와라 씨, 훌륭하게 성장했네' 하고 기뻐할 겁니다. 옛날 말로 금의환향이라는 거죠."

그건 성공해서 귀향하는 사람에게 보내는 말이다. 장관이 되었다거나, 저명한 박사가 되었다거나, 프로야구 스타 선수가 되었다거나, 어떤 형태로든 NHK 홍백가합전에 출연했다거나. 결코 소설가가 되어 돌아가는 것을 가리키는 말은 아니다. 작가로 출세했다고 인정받을 수 있는 건 어지간히 큰 문학상을 받거나 인기 베스트셀러 작가가 된 경우뿐이리라. 경력이라곤 팔리지 않는 책 두 권이 전부인 나는 명함도 내밀지 못한다. '고작 그런 경력으로 잘도 남들 앞에 서네. 모자란 놈' 하고 빈축만 사리라.

"하이카라도는 알고 있죠? 데시가와라 씨도 학창 시절에 신세를 진 서점 아닙니까? 그곳 사장님이 데시가와라 씨를 모시고 싶다고 직접 의뢰했어요. 가줍시다."

히데키는 평소부터 일방적으로 밀어붙이는 쓰루오카의 태도가 불편했다. 하지만 오늘만큼 그것을 얄밉게 느낀 적이 없었다. 어떻게 해야 거절할 수 있을까? 위기다. 한낮의 가게에 조용히 흐르는 클래식 음악의 선율이 유난히 아득하게 들렸다.

"아니, 그게…… 역시 어렵습니다. 제 성격상 그런 건 역시, 아니……."

은근슬쩍 넘어가려는 작전은 안일했다. 쓰루오카의 표정이 점점 험악해졌다. 아아, 거절 못 하는 건가. 소심한 히데키는 절망적인 기분에 빠졌다.

"보십시오, 데시가와라 씨." 편집자는 테이블 양끝을 와락 움켜쥐었다. "부탁합니다. 이렇게까지 말씀드리잖습니까, 사정을 털어놓을 테니 들어주십시오. 실은 교코…… 아니, 우리 영업 직원한테는 하이카라도의 요청을 거절할 수 없는 이유가 있습니다. 얼마 전 그 가게에서 중요한 주문을 전화로 받아놓고 사소한 출하 실수를 저지르고 말았거든요. 현의원 본노 선생님 후원회에서 일괄로 구매한 소중한 도서였다더군요. 그 때문에 그후로 본노 선생님 후원회에서는 주문이 뚝 끊겼어요. 하이카라도 사장님은 '이를 어쩔 거야!' 하고 말도 못 할 정도로 화를 냈지요. 그런 이유로 저희 영업 직원이 크나큰 빚을 지고 만 겁니다. 여기서 데시가와라 씨 사인회 의뢰를 거절하면 '너희 회사는 그 정도도 못 들어주나. 성의라고는 찾아볼 수가 없군' 하고 호통을 들을 게 뻔합니다. 부디 도와주는 셈 치고 수락해주십시오. 이렇게 부탁드립니다."

자존심 센 쓰루오카가 테이블에 넙죽 엎드리는 것을 보고 히데키는 오싹했다. 그가 이렇게까지 나오는데 부탁을 거절하면 저세상에 가서도 원망을 들을 것 같다. 원망만 들으면 낫지, 일이 끊기면 곤란하다. 무사시노쇼보를 놓치면 타격이 막심하다.

"그러지 마십시오, 쓰루오카 씨. 제게 고개 숙이지 마세요. 사정은 잘 알겠습니다."

"앗, 그럼 수락하시는 거지요?"

그런 뜻이 아니라고는 말할 수 없었다. 어떻게 대답할지 고민하느라 턱을 집어넣고 입술을 깨문 게 고개를 끄덕인 모양새가 되었다. 쓰루오카는 환한 얼굴로 요란하게 가슴을 쓸어내렸다.

"아이고, 고맙습니다. 역시 데시가와라 씨라니까. 파트너십이라고 하던가요? 살았습니다. 이로써 제 체면도 살았습니다. 감사합니다. 당장 영업부에 알리고 싶으니 잠깐 실례하겠습니다."

쓰루오카는 기쁜 얼굴로 말하더니 휴대전화를 꺼냈다. 진심으로 기뻐하는 것 같다.

저항을 그만두고 체념하기로 했다.

◇◇◇

쓰루오카와 헤어져 지하철역으로 터벅터벅 걸어가며 데시가와라 히데키는 늪처럼 깊은 회한에 빠졌다. 말도 안 되는 일을 받아들이고 말았다.

그가 소설가를 꿈꾼 것은 고등학교 2학년 봄. 그후로 신인상에 투고를 반복하며 팔 년의 고생 끝에 겨우 특별 가작까지 올라 세상에 작품을 선보일 수 있었다. 인쇄를 마친 첫 작품을 손에 들었을 때는 하늘에라도 오를 기분이었다. 지금까지 발표한 장편 두 작품은 썩 좋은 평가를 받지 못했지만 언젠가 반드시 인정받으리라 믿는다. 언젠가 반드시 목표로 하는 문학상을 거머쥐겠다. 언젠가 반드시 문예 잡지가 내 특집을 다룰 것이다. 언젠가 반드시 신랄하게 비판하던 거물 평론가의 절찬을 얻어내겠다. 언젠가 반드시 베스트셀러 1위에 우뚝 서겠다. 그렇게 공상 같은 꿈을 꾼 적은 있지만…….

사인회를 하는 날이 오다니, 상상해본 적도 없었다. 이야기를 만들고 그것을 펜으로 실체화하는 일에만 전념하면 되는 줄 알았는데 사람들 앞에서 사인을 하게 되다니. 상상만으로도 부끄럽다. 뺨이 화끈거릴 것 같다.

"후유키 정은 시골입니다. 분지 복판에 있고 인구는 겨우 이만 명이에요. 그런 곳에 제가 사인회를 하러 가봤자 손님이 모일 리 없습니다. 그곳 출신이라는 이유만으로 동네 사람들이 책을 사줄 리 없어요."

분명 서점에 폐만 끼칠 것이다. 그러니 그만두는 게 낫지 않겠느냐고 쓰루오카에게 의향을 바꿔주길 부탁해봤지만 아예 들을 생각도 하지 않았다.

"이만 명이나 되면 시골도 아니잖아요. 괜찮다니까요. 하이카라도 서점은 적극적이니 사전에 확실하게 홍보해줄 겁니다. 아는 사람들이 잔뜩 와서 화목하고 멋진 사인회가 되지 않을까요? 기대됩니다."

그럴 리 없다니까.

가게 한구석에 마련된 사인회장 테이블 앞을 지나가는 손님을 바라보며 허망하게 앉아 있는 내 모습이 눈에 선했다. 물론 그런 건 작가에게 망신도 뭣도 아니다. 친구들을 만나면 내 쪽에서 이야깃거리로 삼아도 상관없다. 하지만 그 장소가 고향 서점이 되면 무심히 넘길 수 없다.

정말 작은 마을이란 말이다. 이 아이는 울보였다, 저 아이는 만화책을 훔치다 걸린 적이 있다, 그런 소문이 평생 따라다니는 작은 마을. 대학교에 입학해 도쿄로 나갔을 때는 그런 숨막히는 환경에서 벗어날 수 있어 진심으로 기뻤다. 그곳에서는 여러모로 부끄러운 일도 많았고 비참한 추억도 있으니까. 삼 년 전 부모님이 일을 그만두고 오사카에 있는 큰형과 함께 살기 위해 마을을 떠난 후로 이제 돌아가지 않아도 된다고 생각했다. 그런 고향에 사인회를 하러 가다니.

"아아, 싫다."

지하철 손잡이를 붙잡은 채로 무심결에 큰 소리로 혼잣말을 흘리고 말았다. 하지만 이제는 하는 수밖에 없다. 상대방은 내달 중순 일요일에 사인회를 열길 원하는 모양이다. 앞으로 한 달 반 남았다. 아직 멀었다. 그때까지 문득문득 사인회 일을 떠올리고 울적해지겠지. 차라리 내일 오라고 말해주면 좋았을 텐데.

—화목하고 멋진 사인회가 되지 않을까요?

될 리가. 그리 되면 다행이지만 절대 그리 되지 않을 것 같다.

히데키는 쓰루오카를 원망했다.

그리고 아직 멀었다고 생각했던 그날은, 눈 깜짝할 사이에 다가왔다.

◇◇◇

신칸센으로 한 시간 반. 거기서 일반 열차로 갈아타고 두 시간 더. 정오가 넘어서 후유키에 도착했다.

오랜만이지만 딱히 감회도 없다. 난간에 녹이 슨 고가 다리를 느릿느릿 건너는 히데키의 발걸음은 무거웠다. 플랫폼을 굽어보니 그를 데려온 디젤 열차는 그대로 멈춰 있었다. 상행 열차를 기다리는 것이리라. 정적 속에서 열차의 나직한 엔진 소리만 들렸다. 일요일이라 그렇기도 하겠지만 한산하다.

아침 일찍 나와서 졸리다. 열차를 타면 네 시간도 못 되어 도착하는 동네인데, 그의 집에서 도쿄 역까지 두 시간 가까이 걸리기 때문이다. 정말이지, 도쿄는 넓다.

그에 비해 사방이 산에 둘러싸인 이곳 후유키 마을은 얼마나 아담하고 깜찍한가. 명승고적이 있는 것도 아니고 온천이 솟아나는 것도 아니라서 관광하러 오는 사람도 없다. 특필할 만한 지역 산업도 없어 다른 지방 사람은 후유키라는 말을 들어도 보통은 어디 있는 동네인지 모른다. 이곳 출신들은 다른 사람들이 어떤 동네냐고 물을 때마다 '아무것도 없는 동네입니다'라고 대답할 것이다.

어젯밤 쓰루오카의 전화를 받았다.

"정말 죄송합니다. 이미 인쇄실에 입고한 어느 선생님 원고에서 중대한 문제를 발견해서 난리가 났습니다. 지금 그걸 처리하느라 경황이 없어서 내일 후유키에 가지 못할 것 같습니다. 정말 죄송합니다. 영업 직원도 시간이 나는 사람이 없어서, 사인회에는 데시가와라 씨 혼자 가주실 수 없겠습니까? 잘 아시는 고향 서점이니 안내해드리지 않아도 가실 수 있겠죠. 교통비는 나중에 정산해드리겠습니다."

어이, 억지로 떠넘겨놓고 그건 너무하잖아. 이쯤 되니 울컥했다. 그렇지 않아도 불안한데 혼자서 다녀오라니.

그래도 불평 한마디 하지 않고 "예, 알겠습니다"라고 대답하는 내가 한심했다. 젠장, 젊다고 우습게 보다니.

생각하니 화가 나서 그만 생각하기로 했다. 점심은 열차 안에서 먹었으니 곧장 하이카라도로 가서 임무를 마치고 잽싸게 도쿄로 돌아오자.

개찰구로 나가 자그마한 역 앞 광장을 둘러보았다. 학창 시절과 거의 변함이 없다. 그렇게 맛없는데 용케 망하지 않는다 싶어 기가 막혔던 모퉁이 메밀국숫집이 마침내 망하고 편의점으로 바뀐 정도다. 그 편의점과 파친코 가게 사이로 뻗은 게 메인 도로인 후유키 긴자 골목이다. 기껏해야 백 미터도 못 되는 상점가로 아케이드는 없다. 그가 가야 하는 하이카라도는 그 중간 지점에 있었다.

가방을 메고 터벅터벅 걸음을 뗐다. 불쑥 아는 사람을 맞닥뜨리면 말을 걸어올까 봐 쑥스러워서 계속 고개를 숙이고 있었다. 마치 도시에서 큰 실수를 저질러 실의에 빠져 고향으로 돌아온 것 같다. 좌우를 두리번거리지는 않았지만 가게들은 옛날과 똑같은 것 같다. 고등학교 때 친구들과 방과후마다 뭉쳤던 카페

앞을 지날 때만 그리워서 잠시 걸음을 늦추었다.

하이카라도에 도착하고 말았다. 쭈뼛쭈뼛 고개를 들어보니 가게 앞에 큼직한 포스터가 붙어 있다.

『뒤엉킨 실』 출판 기념

데시가와라 히데키 선생님 사인회

(후유키 정 출신 가와사키 슈이치 님)

5월 14일(일) 오후 1시~2시

본명을 쓰다니 불쾌했지만 그건 화를 낼 이유가 못 된다. 이 동네 출신 아무개가 작가가 되어 사인회를 합니다, 부디 와주십시오, 하고 사장은 최대한 선전해준 거니까. 오히려 고마워해야 하나.

하이카라도는 문을 활짝 열어두어 들어가기 쉬운 가게였지만 좀처럼 가게로 들어서는 한 걸음이 떨어지지 않았다. '사인회를 하러 온 데시가와라입니다'라고 자기소개를 해야 하는 게 부끄럽다. 이럴 때 쓰루오카가 따라왔으면. 역시나 원망스럽다. 가게 앞에서 주저하는 것도 바보 같다고 생각한 순간, 가게 안에서 낯익은 백발 아저씨가 고개를 내밀었다.

"데시가와라 히데키 님이십니까? 먼길 오시느라 고생하셨습니다. 사장 히라타입니다. 오늘은 잘 부탁드립니다."

정중한 인사에 몸 둘 바를 모르겠다. 환영받고 있다, 이 사장은 진심으로 내 사인회를 열고자 했다는 걸 알고 처음으로 고맙다는 생각이 들었다. 어쩌면 '화목하고 멋진 사인회'가 가능할지 모른다는 어렴풋한 기대가 솟아났다.

안내해주는 대로 안쪽 사무실로 가는 사이에도 계속 고개를 숙이고 있었지만 가게 한쪽 구석에 하얀 천을 씌운 테이블이 놓여 있는 게 시야 끝에 들어왔다. 저기서 하겠지. 저기서, 그걸. 초등학생 때, 고역이었던 뜀틀을 볼 때마다 품었던 불안한 느낌이 떠올랐다. 기대가 물러나고 다시 불안이 고개를 들었다.

사무실 벽 쪽에 놓인 소파에 앉자 사모님으로 보이는 여성이 금방 차를 내주었다. 목은 학처럼 가녀리고 생글거리는 미소가 살가웠다. 사인회가 끝났을 때 저 미소가 얼어붙지 않으면 다행인데.

"지방 서점에서 사인회를 열 기회는 거의 없으니까요. 오늘이 오기를 기대하고 있었습니다. 데시가와라 씨하고 무사시노쇼보 덕분입니다."

출판사의 명예 회복은 성공했는지 사장은 기분이 좋아 보였다. 지금 이 말을 쓰루오카에게 들려주고 싶었다.

"손님께는 미리 번호표를 나눠주어 거기에 성함을 써달라고 했습니다. 괜찮으시면 지정 사인을 부탁드리고 싶습니다만."

지정 사인이 무슨 뜻인지 모르겠다. 요컨대 손님 이름을 쓰고 사인해줄 수 있느냐는 뜻인가 보다. 대환영이다. 상대 이름을 쓰는 동안 시간을 때울 수 있으니 좋다. 승낙하자 사장이 또 고마워했다.

언제까지 이 마을에 살았는지, 우리 가게는 이용했는지, 그런 잡담을 나누는 사이 사인회 시간이 다가왔다. 문을 열고 고개를 내민 사모님이 "그럼 슬슬" 하고 재촉했다. 히데키는 긴장했다. 가게 안으로 나가보면 사인회장 주변만 한산한 건 아닐까?

"손님들은 얼마나 모였습니까?"

그렇게 묻자 사모님이 대답했다.

"벌써 많이 오셨어요. 다들 기다리고 계십니다."

거짓말이지? 그렇게 생각하면서 가게 안으로 나가보니 아까 보았던 테이블 앞에 줄이 늘어서 있었다. 책장 뒤에 가려 다 보이지 않았지만 대여섯 명은 아니다. 다행이다, 이로써 체면은 서겠다.

—화목하고 멋진 사인회가 되지 않을까요?

그렇게 될지도 모른다. 열 명쯤 와주고 그중에 "오랜만이야. 잘 지내는 것 같네, 애쓰고 있구나" 하고 말을 걸어주는 소꿉친구라도 있다면 만족스러울 것이다.

줄 맨 앞에 있는 사람은 양복을 차려입은 초로의 신사였다. 은퇴했다기에는 일러 보인다. 학교에서 국어를 가르치는 선생님일까 상상하면서 어색하게 테이블 쪽으로 걸어갔다. 그의 등장을 알아차린 손님들이 일제히 돌아보자 히데키는 움찔했다.

"아, 여러분 오래 기다리셨습니다. 그럼 지금부터 우리 고향이 낳은 문학계의 신성, 데시가와라 히데키 선생님의 신간 발매를 기념해 사인회를 개최하겠습니다."

사장이 쩌렁쩌렁한 목소리로 선언했다. 자리에 앉은 히데키 옆에 사모님이 붙어 있었다. 손님이 내민 책을 받아서 페이지를 펼치고 잡아준다고 했다. 테이블 위에는 물병, 컵, 손수건과 사인펜이 놓여 있다. 빈틈없이 준비해준 것이다. 이제 히데키만 제대로 일하면 된다.

"그럼 첫 번째 손님, 오시지요."

사모님이 부드러운 목소리로 말했을 때, 하얀 원피스를 입은 여성이 가게 안에 들어오는 모습이 보였다. 앗!

기무라 아유미다. 중학교 3학년 때, 같은 반이었다. 난생처음으로 연애편지를 썼던 상대. 물론 그 편지는 건네기 직전에 용기를 잃고 갈기갈기 찢어 강에 버렸지만…….

'일부러 사인회에 와준 걸까? 내 이름을 가게 포스터에서 보고…….'

가슴속이 후끈 달아올랐다. 뭐야, 고향에서 사인회를 하면 좋은 일이 있잖아? 갑자기 힘이 솟았다.

중고생 때는 커다란 눈동자가 사랑스러웠다. 대학생 때 동창회에서 재회했을 때는 차분한 숙녀로 탈바꿈하는 모습이 눈부셨다. 그리고 지금, 그녀는 더욱 아름다웠다.

기무라 아유미가 줄 맨 끝에 서는지 확인하고 싶었지만 눈앞에 초로의 신사가 섰다. 히데키에게 가볍게 고개를 숙이고 "부탁드립니다"라고 했다. 히데키도 고개를 숙이고 펜을 들었다.

사모님이 책 속표지를 펼쳐주었다. 신사가 내민 번호표에는 미카와 아키히코라고 적혀 있었다. 아키히코라. 아키曉라는 한자가 어려운데. 의식하지 않으면 아무렇지 않은 글자지만 앞에서 옆에서 글씨 쓰는 손을 들여다보면 실수할 것 같다. 조심스레 천천히 펜을 움직여, 틀리지 않고 마쳤다.

"감사합니다."

그렇게 인사하자 신사는 "예" 하고 무표정하게 끄덕였다. 그러더니 "정말 주제넘는 참견이지만" 하고 입을 열었다.

"7페이지 두 번째 줄에 '커다란 상자갑'이라는 표현이 있던데, '갑匣'이라는 한자는 작은 상자라는 뜻이니 모순됩니다. 그리고 18페이지 열한 번째 줄에 주어와 서술어가 꼬인 문장이 있습니다."

"하아……." 맥없이 대꾸했다. "그건 미처 몰랐습니다."

"그 밖에도 눈에 띄는 부분이 몇 군데 있어 정리해 왔습니다. 모처럼 쓰신 작품에 시시한 흠이 계속 붙어 있으면 아까우니까요."

봉투를 건네받았다. 편지지가 여러 장 들어 있는 감촉이 느껴졌다. 오탈자뿐만 아니라 부적절한 비유부터 구성의 하자까지 지적했는지도 모른다. "정성 고맙습니다." 그렇게 말하면서도 히데키의 심경은 복잡했다. 사인회에 찾아와 저서의 실수를 지적하는 편지를 건네다니 심술궂기는 하지만 '모처럼 쓰신 작품'이라고 평가해주고 '흠이 계속 붙어 있으면 아깝다'고 생각해준 건지도 모른다. 순수한 호의에서 나온 지적이라 여기고 감사히 받아야 할까?

미카와 아키히코가 앞에서 사라지자 가게 안이 보였다. 행렬은 열 명 넘게 이어졌다. 눈에 보이지 않는 맨 끝에 기무라 아유미가 줄을 서 있겠지, 하고 기뻐했는데 그렇지 않았다. 그녀는 실용서 코너에 있었다. 그 옆에 또래 남성이 찰싹 붙어 있다. 훤칠하니 키가 큰 남자다. 혹시 애인인가? 아니면…….

남자가 임신 관련 잡지를 손에 들고 있는 게 보였다. 그렇다면 그녀는 임신했나? 그래서 실용서 코너에서 태교나 작명 책을 고르고 있는 건가? 그렇게 생각하며 지켜보니 아유미의 배가 약간

불룩해 보였다.

"그런가……."

그런 소리가 새어 나와 옆에 있던 사모님이 의아해했다. 아무것도 아닙니다, 하고 거짓 웃음을 지었지만 마음은 크게 휘청거렸다. 이렇게 불안한 상황에서 첫사랑의 종언을 목격하다니 무슨 팔자인지, 인생의 쓴맛을 곱씹었다.

두 번째 손님은 삼십 대 후반 남성. 흔한 이름이라 어려움 없이 서명할 수 있었다. 책을 받아들고는 "고맙습니다"라고 인사를 해주었다. 그리고…….

"엉뚱한 얘기지만 혹시 스타니슬라프 루드비크의 『업화』라는 소설을 읽어보셨습니까?"

그런 작가도 소설도 처음 듣는다. 어느 나라 사람인지도 모르겠다. "아니요"라고 대답하자 상대의 눈가에 희미한 웃음기가 감돌았다.

"그러십니까. 그럼 됐습니다."

어이, 무슨 뜻이야? 신경쓰이잖아. 혹시 데시가와라 히데키의 『뒤엉킨 실』이 그것과 비슷하다고 말하고 싶은 거냐? 그렇게 따지고 싶었지만 손님은 이미 떠나버렸다.

세 번째 손님은 민족의상 같은 패션으로 차려입은 여고생 느낌의 소녀였다. 오락성을 전면에 내세우는 스타일은 아닌데 이렇게 어린 친구도 읽어주는구나 싶어 기뻤다. 나카우치 아이카. 아이카라, 응, 귀여운 이름이네. 그렇게 생각하며 사인을 마쳤다.

"저, 부탁이 있는데요."

부탁? 뭐든 들어주마 싶어 흔쾌히 승낙했다. 그녀는 쑥스러워하며 주머니에서 편지를 꺼냈다.

"뻔뻔한 부탁이지만 가미무라 하루키 선생님을 뵐 기회가 있으면 이걸 전해주시겠어요? 어디로 보내면 좋을지 몰라서."

힘이 쭉 빠졌다. 그건 뻔뻔하다기보다 비상식적이고, 해서는 안 될 부탁이다. 대체 넌 생각이 있는 거냐고 호통치고 싶었지만 히데키에게 편지를 떠넘긴 소녀는 이미 사라지고 없었다.

조금은 기분 좋게 사인하게 해달라고 토라질 여유도 없다. 네 번째 손님은 또 나이가 지긋한 남성이었다. 오른손에 붕대를 둘둘 감고 있다.

"튀김 요리를 하다가 화상을 입어서요. 보기 흉해서 죄송합니다."

이번에는 충분히 예의 바른 사람 같았다. "흉하다니요, 천만의 말씀입니다." 히데키는 고개를 숙였다.

"이름을 써주신다고요."

"예. 불러주시면 써드리겠습니다."

"꼭 좀 부탁드립니다." 남자가 겸손하게 말했다. "사이토 잔키라고 합니다. 획수가 많아서 죄송합니다."

"어떤 한자를 쓰십니까?"

"사이토는 불교학자 사이토 이소오의 사이토. 잔은 참회의 '참', 키는 희희연하다고 할 때의 '희' 자를 씁니다."

장난하나? 일단 사이토 이소오가 누군지 모르겠다. 아마 그 복잡한 한자를 쓰는 사이토 씨겠지. 사람 이름이니 간단한 한자로 써도 되겠지요, 하고 말할 수도 없고. 종이에 써달라고 부탁하려다가 그만두었다. 오른손이 저런 상태라 입으로 불러달라고 했던 것이다.

"사이토는 어려운 쪽의 한자입니다. 음, 말로 하기 어렵군요. '잔'도 '키'도 뭐라 설명해야 좋을지. 명함이라도 가져올걸 그랬네요."

하지만 당신은 작가니까 당연히 알겠지. 그렇게 말하고 싶은 건지도 모른다. 자랑은 아니지만 나도 소설은 워드프로세서로만 써봤다. 쓸 줄 알 리가 있나, 하고 배를 째고 싶다. 사모님은 뺨에 손을 대고 "어머나, 난처하네요"라고 말할 뿐.

"여기에…… 사전, 있지요?"

그 방법밖에 없었다. 옥편과 국어사전, 하는 김에 인명사전도 부탁해 손님을 기다리게 하고 조사했다. 페이지를 뒤적이며 이런 사인회가 또 있을까 싶어 너무 한심스러웠다.

사이토는……'齋藤(사이토)'인가. 사이토 이소오齋藤磯雄의 사이토.

참회는……참회懺悔. 그렇군, 이 '참' 자는 입으로 설명하기 어렵다.

희희연은……희熙. 아아, 이건가. 희희연熙熙然이라는 어려운 말로 설명하려고 드니까 모르지. 그럼 어떻게 말하면 알겠느냐고 반문하면 말문이 막히지만.

사이토 잔키齋藤懺熙.

아무래도 본명 같지 않다. 아니나 다를까, 이건 노인 모임에서 사용하는 하이쿠 시조용 아호라고 했다. 뭐 이렇게 어설픈 아호가 있을까. 사이토 산키◆를 본받아라. 과연 뜻은 있는 이름일까? 획수가 많아 새까맣고, 발음도 탁하고, 어째서 아마추어 펜네임은 폭주족 이름 같은 게 많을까? 히데키는 속으로 욕지거리를 했다.

하이쿠 영감님이 떠나자 바로 오른쪽에서 훌쩍 다가오는 그림자가 있었다. 기무라 아유미를 따라온 남자였다. 가게 반대편으로 이동하려다가 사인회가 한창인 걸 알고 걸음을 멈추었다.

◆ 西東三鬼, 1900-1962, 오카야마 현 출신의 하이쿠 시인으로 전통에서 벗어난 신흥 하이쿠 운동의 중심 인물.

"안 돼. 그쪽은 뭔가 하고 있잖아."

금세 따라온 아유미가 뒤에서 말했다. 문득 히데키와 눈이 마주쳤다. 몇 년 만의 만남에 두근거리는 심장 소리가 들린 기분이었지만 그녀는 곧 시선을 뗐다. 테이블에 앉아 있는 사람이 누구인지 알아보지 못한 모양이다. 히데키는 크게 실망했다. 자기 얼굴을 알아봐주지 않은 것도 섭섭하고 "뭔가 하고 있다"라니…… 그런 말투는 박정하잖아. '뭔가'가 아니라 이건 '사인회'란 말이다.

자리에서 일어나 돌아가고 싶었지만 그럴 수도 없다. Show must go on 아니겠나. 히데키는 빨리 고행이 끝나기만을 바랐다.

다섯 번째 손님이 앞에 섰다. 쇼핑백을 든 스무 살 안팎의 여성이었다. 또 특이한 이름은 아니겠지, 하며 번호표를 보니 이번에는 쉽고 평범한 이름이었다. 다카사키 유카. 다카사키 유카 씨라, 예예.

술술 써내려가는데 여성이 "아" 하고 작게 외쳤다.

"저…… 죄송해요. '다카'라는 한자가 다른데요."

번호표의 메모를 다시 보니 高가 아니라 髙라는 글자였다. 자세히 보고 쓸걸 그랬다.

"어머, 정말이네. 괜찮아요. 새 책으로 바꿔드리겠습니다."

사모님은 바로 옆에 있던 판매대에서 한 권을 가져왔다. 이건 내가 변상해야 하나, 아니면 가게의 손실이 되는 건가, 히데키는 그런 쪽의 규칙을 알지 못했다.

"실례했습니다." 여성 손님에게 사과하고 다시 썼다. 그러자 여성이 또 "앗!" 하고 당황했다.

"자꾸 죄송합니다. 다카사키의 '사키'는 그 한자가 아니라……."

崎라고 썼는데 번호표에는 﨑라고 되어 있었다. 실수했다. 내 본명인 가와사키河埼도 흔히들 河崎로 오해해서 정정을 부탁할 때가 있는데, 남의 이름 한자를 틀리다니 낭패다.

"괜찮습니다. 책은 아직 많으니까요."

사모님이 세 번째 책을 가져왔다. 아무래도 가게의 부담이 될 분위기라 "죄송합니다" 하고 사모님에게도 사과했다.

정신을 가다듬고 세 번째. 그러자 또…… "아앗! 유카의 '유'가……."

祐가 아니라 佑였다. 이럴 수가, 같은 이름을 두 번도 아니고 세 번이나 틀리다니. 얼굴이 후끈 달아오르는 게 느껴졌다. 다카사키 유카와 사모님뿐만 아니라 뒤에 줄 선 손님들도 어이가 없을 것이다.

"책은, 많아요."

당연하지만 사모님의 얼굴에서 미소가 사라졌다. 괴롭다. 바늘방석에 앉은 기분이다.

이번에야말로 절대 틀려서는 안 된다. 유카의 카는 花라는 한자다. 香이 아니다. 香이 아니라 花다. 가가와香川 현의 香이 아니라 꽃병의 花. 향수의 香하고 헷갈리지만. 아니, 아니, 쓸데없는 생각은 하지 말자. 꽃이다, 플라워의 花. 그리고 같은 실수를 하지 않도록 다카·사키·유에도 주의하자. 다카高……사키崎……유佑……카花. 이제 됐겠지.

겨우 끝났다 싶어 번호표와 비교하니…… 유카佑香라고 적혀 있었다.

"설마……."

히데키는 망연자실했다. 아까 봤을 때는 유카佑花였다. 그런데 눈을 뗀 틈에 유카佑香로 바뀌어 있었다.

"일부러 심술을 부리시는 건가요? 모처럼 줄을 서줬더니."

히데키는 얼굴을 붉혔지만 여성 손님도 화가 나서 얼굴을 붉히고 있었다. 두 어깨를 부들부들 떨고 있다.

"아니, 그런 건……."

"사람을 바보로 알고. 사인 따위는 그만 됐어요!"

울먹거리며 뛰쳐나가버렸다. 히데키의 손에 책을 그대로 남기고. 그는 책을 조용히 왼쪽 옆으로 밀었다. 무서워서 사모님의 표정이 어떤지 볼 수가 없었다.

정신을 차릴 겨를도 없이 여섯 번째 손님을 상대해야 했다. 이번에야말로 멀쩡한 손님이기를. 기도라도 하고픈 심정이었다.

"야, 가와사키. 오랜만이야." 편하게 부르는 목소리. "활약이 대단한 것 같아 나도 기쁘네. 네가 작가가 되어 사인회를 하러 온다기에 기대하고 있었어. 어라, 살이 좀 붙었나? 턱선이 부드러워진 것 같은데. 아아, 이름은 됐어. 데시가와라 히데키라고 네 펜네임만 써주는 게 더 기뻐. 오늘 기념으로 날짜만 써줄 수 있을까?"

히데키는 말없이 사인을 했다. 책을 직접 건네면서 상대 얼굴을 올려다보며 물었다.

"오랜만이네. 잘 지내?"

"응. 건강하고 일도 순조로워. 일단은 순탄해. 사실은 하야시다 선생님도 오고 싶어 했는데 통풍 때문에 외출할 수 없다고 오늘 아침에 전화하셨어. 아쉬워하시더라. 너한테 꼭 안부 전해달라고 하시던데. '역시나 여름방학 숙제로 『장편소설의 기본 구조』라는 논문을 써서 제출한 남자야. 소설가가 될 것 같았어'라고 하시더라. 이번 신작도 굉장히 훌륭하다고 기뻐하셨어. 너무 아쉬워하셔서 가와사키 너하고 만날 수 있도록 동창회를 기획하겠다고 말씀드렸지. 그때 후유키에 꼭 다시 와. 구도하고 사사가와는 하필 일이 있어서 못 왔어. 내가 대표로 온 꼴이 되었는데, 다들 안부 전해달래."

"녀석들한테…… 잘 지내라고 전해줘."

"응, 그럴게. 그럼 앞으로도 힘내라."

떠나가는 뒷모습을 지켜보았다. 히데키의 등줄기에 오한이 일었다.

지금 가면처럼 하얀 얼굴의 저 남자는 누구지? 상당히 허물이 없었다. 이야기 내용으로 보아 고등학교 3학년 때 반 친구 같은데 저런 남자는 기억에 없다. 3학년 C반에는 결단코 없었다. 절대로, 맹세컨대. 설마 상대가 사람을 착각했을 리는 없다. '당신은 누굽니까?'라고 묻고 싶었지만 그럴 수 없었다. 그렇게 묻는 게 몹시 불길하게 느껴졌기 때문이다.

해프닝이 너무 많다. 이건 정상이 아니다. 사인회가 시작되고 얼마나 지났을까? 손목시계를 보자 바늘은 1시 정각에서 멈춰 있었다.

이상하다. 뭔가 어긋나고 있다.

일곱 번째 손님은 어떤 식으로 이상할까? 무슨 일이 벌어져도 놀라지 않을 테다, 히데키는 각오를 다졌다.

"다음 손님, 오세요."

사모님이 재촉하듯 부르는데 줄 맨 앞에 선 손님이 꾸물거리고 있었다. 수수한 차림의 중년 부인으로 전혀 어울리지 않는

긴 머리를 치렁치렁 늘어뜨리고 있다. 그녀는 그래도 잠시 주저하더니 결심을 굳힌 듯 성큼성큼 다가와 살며시 책을 내밀었다. 번호표에는 가나타니 기요코金谷潔子라고 적혀 있다.

"데시가와라 씨, 아니, 가와사키 씨."

여성은 심각한 목소리로 말했다.

"이 소설에 나오는 기요코清子, 저죠?"

무슨 헛소리를 하는 거야, 이 사람은. 당신이 누군지 내가 어찌 알아, 히데키는 짜증스러운 한편으로 경계했다. '잘도 나를 모델로 썼구나' 하고 항의하는 이상한 독자가 가끔 있다는 이야기를 쓰루오카에게 들은 적이 있다. 저명한 작가가 겪는 재난이라던데 그와 같은 신인이 경험하게 될 줄은 생각도 못 했다.

"아닙니다. 등장인물에는 일절 모델이 없습니다."

의연히 대답했지만 상대는 듣는 척도 하지 않았다.

"감출 필요가 어디 있어요. 저는 괜찮아요. 다른 사람은 알 수도 없고. 하지만 이렇게 쓰려면 쓰겠다고 귀띔이라도 해주시면 좋았을걸……."

이봐, 스무 살 가까이 연상으로 보이는 당신하고 나 사이에 숨겨진 비애가 있었다고 말하려는 거야? 어디서 그런 망상이 솟아나는 거야. 히데키는 기가 막혀 할말을 잃었다. 그러자…….

"착각이 아니에요. 봐요, 여기."

긴 머리를 슥 쓸어 올린다. 오른쪽 귓불 아래에 날개를 펼친 나비처럼 생긴 반점이 있었다. 작중 기요코에 대한 묘사와 똑같은 붉은 반점이.

할말을 잃은 히데키를 향해 가나타니 기요코는 요염한 미소를 지었다. 마치 승리를 뽐내기라도 하듯이.

우연이다. 우연히 소설 속 여주인공과 같은 자리에 비슷한 반점이 있어서, 그걸 근거로 자기를 모델로 썼다고 착각하는 것이다. 이런 여자는 만난 적도 없단 말이다.

"속편을 쓰시겠다면 저는 괜찮아요. 진실을 써주세요."

내가 잊고 있는 것뿐인가? 사실은 그녀를 모델로 글을 썼던 건가 하는 의심이 솟아나려 해 히데키는 황급히 고개를 저었다. 미친 건 바깥세상이다. 나는 제정신을 붙들고 있어야 한다.

"예예, 잠깐 죄송합니다. 이쪽 분께 양보 좀 부탁드립니다. 예, 감사합니다."

그때 사장이 휠체어를 밀며 다가왔다. 잠옷을 입은 오십 대 안팎의 남성이 앉아 있었다. 왼손에는 링거 주사가 꽂혀 있었다.

"이쪽 손님은 공공 병원에 입원하고 계신데, 데시가와라 선생님이 오신다는 소문을 듣고 의사 선생님 허가도 없이 빠져나오셨습니다." 사장이 말했다. "꼭 사인을 받고 싶다고요. 너무 힘들어 보이셔서 순서를 어기고 먼저 부탁드리겠습니다."

"죄, 죄송합니다."

빰이 홀쭉했다. 용케 혼자 힘으로 여기까지 왔구나 싶어 놀랐다. 집념으로 휠체어를 몰았나. 내 사인을 받기 위해 그렇게까지, 히데키는 감격했다.

"이, 이름은, 가, 가가, 간이치. 갓, 가가, 백만 석 영주, 가가, 가가에, 그그, 『금색 야차』에 나오는, 갓, 간이치입니다."

'가'를 말할 때마다 힘들어 보였다. 나까지 가슴이 뻐근하다.

"가가 간이치 씨라고요. 예, 알겠습니다. 더 말씀하시지 않아도 됩니다. 실수 없이 쓸 테니까요."

히데키는 재빨리 남자의 이름을 쓰고 사인을 했다. 빨리 병원으로 돌려보내지 않으면 큰일날 것 같다.

"가가, 갓, 감사합니다." 휠체어를 탄 애독자는 두 손으로 책을 받았다. "그그, 그럼, 거, 거, 건필…… 컥!"

갑자기 눈앞이 새빨개졌다. 가가 간이치가 히데키의 얼굴을 향해 피를 토한 것이다. 미끈하고 뜨끈한 액체가 빰을 타고 떨어졌다. 하얀 테이블보는 새빨갛게 물들었고 히데키가 입은 셔츠 가슴께에도 핏방울이 점점이 튀었다.

"큰일이다! 구급차, 구급차!"

"수건 가져올게요!"

사장과 사모님이 정신없이 돌아다녔다. 히데키는 충격이 커서 목소리도 나오지 않았다.

너무 이상하다. 이런 사인회가 있다니 말도 안 된다. 넋이 빠졌다. 히데키는 수건을 가져올 때까지 기다리지 못하고 셔츠를 벗고 손수건으로 얼굴에 묻은 피를 닦았다.

가게 안은 소란스러워 사인회를 할 상황이 아니다. 피를 토한 남성이 앉은 휠체어는 구급차를 기다리기 위해 출입구 근처로 이동시켰다.

진정하자. 휴식이다. 히데키는 물컵으로 손을 뻗으려 했지만…….

테이블에 책이 올라왔다. 이런 때 태연히 사인을 청하는 손님이 있다니 믿을 수 없다. 이어서 상대가 내민 번호표에는, 쓰루오카 신타로라고 적혀 있었다.

"엇?"

고개를 들자 편집자가 서 있었다. 경멸 어린 표정으로 히데키를 굽어보고 있다.

"안녕하십니까, 일이 예상외로 빨리 끝나 쫓아왔습니다. 사인회가 시작된 직후에 도착했습니다. 끼어들 타이밍을 못 찾아 계속 지켜봤습니다."

히데키는 뭐라 말해야 할지 몰랐다. 온갖 추태를 관찰당했다는 게 부끄러운 동시에, 자리에 있었으면 사람이 난처할 때 도와

줘도 되지 않았느냐고 고함을 지르고 싶었다. 하지만 화를 내는 것보다 질문이 먼저였다.

"어째서 사인을 해달라는 겁니까? 장난인가요? 그런 짓을 하며 놀릴 때가 아니잖아요. 손님이 큰일났는데……."

"가게 사람이 구급차를 불렀으니 기다리는 수밖에 없어요." 태연한 목소리로 대답한다. "그나저나 끔찍한 사인회였네요. 이 전대미문의 쇼를 목격한 기념으로 제게도 사인 좀 해주시지요."

"돌아가."

히데키는 악문 잇새로 말했다.

"뭐 하나 정상이 아니야. 이런 일이 있을 리 없어. 장난해? 당신이 뭔가 조작했지?"

"조작? 어째서 제가 그런 짓을 합니까? 정상이 아닌 건 당신입니다. 제정신이 아니에요. 게다가 돌아가라니 뭡니까. 무례하군요."

"썩 돌아가!"

자리에서 일어나자 쓰루오카가 뒤로 물러나더니 그대로 책장 반대편으로 사라졌다.

파트너인 편집자가 작가를 모함할 이유는 없다. 그건 그렇지만 쓰루오카의 태도는 상식에서 벗어났다. 이 사인회에는 뭔가 비밀이 있는 게 아닐까? 뭔가 사악한 음모가…….

히데키는 머리를 싸맨 채로 테이블에 엎드렸다. 어째서 일이 이렇게 되었을까 혼란스러워하며.

뭔가 냄새가 난다. 악취다.

아까부터 고약한 냄새가 나서 신경쓰이긴 했는데, 그 냄새가 굉장히 심해졌다. 썩은내다. 뭔가 썩은 걸 가진 손님이 가게 안에 있나?

찰방, 소리가 났다. 어디선가 물이 떨어지고 있다.

젖은 걸레를 질질 끄는 듯한 소리도 들렸다. 무슨 소리지?

냄새와 소리가 점점 다가온다. 위험한 게 다가오고 있다고 직감했다. 그래도 달아나기는커녕 공포에 질려 고개조차 들 수 없다. 그러자…….

핏자국이 묻은 테이블보 위에, 누군가 그의 책을 툭 얹었다. 책을 쥔 손은 흠뻑 젖어 있고, 손가락 사이에 해초 같은 게 엉켜 있다. 그뿐만 아니라 살이 몇 군데 썩어 문드러져 뼈가 그대로 보였다. 비슷하게 생긴 다른 쪽 손으로 젖어서 흐물거리는 번호표를 내밀었다. 스티커처럼 테이블에 달라붙은 번호표에는 히데키가 잘 아는 이름이 적혀 있었다.

"이런 일이……."

있을 리 없다. 하야사카 노리카즈는, 이 세상에 없다.

"누구야. 시시한 장난은 집어치워. 손에 특수 분장까지 하다니 취미가 고약해."

히데키는 테이블을 세게 내리쳤다. 그 진동 때문인지 썩은 오른손 엄지손가락이 뿌리부터 똑 떨어졌다. 가짜가 아니다. 남은 네 손가락은 힘없이 움직이고 있었다.

"하야사카인 척하는 거지?"

상대는 대답하지 않았다. 누구야? 확인하고 싶었지만 고개를 들 용기가 없었다.

"그만……. 그만해."

하야사카 노리카즈는 죽었다. 그 녀석일 리가 없다. 그 사실은 누구보다 히데키가 잘 알고 있다. 하야사카는, 하야사카 노리카즈는 구 년 전 여름, 그가 죽여서 늪에 버렸으니까.

원망하는 거야? 겨우 만 엔의 빚 때문에 맞아 죽은 걸? 안 갚겠다는 게 아니었잖아. 그만 눈을 감아. 청년봉사단이나 경찰이 늪을 뒤졌지만 찾아내지 못한 건 네가 운이 없어서 그래. 그만 눈을 감아…….

이 마을에 오고 싶지 않았다. 그래서 싫었던 것이다. 쓰루오카를 저주했다.

썩은 왼손이 재빨리 움직여 히데키의 오른쪽 손목을 움켜쥐었다. 파충류 표피처럼 축축하고 차갑다. 너무나도 소름끼치는 감촉에 히데키는 목이 터져라 절규했다.

전화가 울리고 있다.

여긴 어디지?

호텔이다.

아침 일찍 움직여야 해서 어젯밤에 도쿄 역 앞 호텔에 묵었다.

"여보세요, 데시가와라 씨입니까? 좋은 아침입니다. 날도 맑아 사인회 하기에 딱 좋은 날씨예요. 아직 주무시고 계셨어요? 저는 지금 아래층 티라운지에 있습니다. 내려와서 아침이나 드시죠."

수화기에서 쓰루오카의 밝은 목소리가 들려왔다.

꿈이었나.

그래, 그런 일이 현실일 리 없다. 묘하게 세부까지 현실적이었지만 히데키에게는 기무라 아유미라는 첫사랑 상대도 없고, 이것도 저것도 다 엉터리 아니었나. 직업병 같은 악몽이었던 것이다.

웃음이 나오려 했다.

고향에서 연 사인회에 와준 것은 겨우 몇 사람뿐이었다. 의외로 사람이 적어 사장도 쓰루오카도 히데키를 염려해주었다. 하지만 그는 아무렇지도 않았다.

'그 악몽으로 예행연습을 한 덕분이야. 사람이 모이지 않은 건 별것도 아니지.'

그는 기분이 좋았다.

'하야사카 노리카즈는 아직도 늪 밑에 가라앉아 있는 모양이니.'

작가 만담

"안녕하십니까, 잘 오셨습니다. 작가 만담의 아쿠타가와 쇼스케입니다!"

"나오키 쇼타입니다."

"아무런 메시지도 없는 편안한 토크니까요. 웃어주세요. 잘 부탁드립니다!"

"잘 부탁드립니다아."

"'잘 부탁드립니다아'라니, 너 시작부터 기운이 없잖아. 만담이니까 좀더 밝게 해봐."

"밝게 해야겠지만 불쾌한 일이 있었거든. 오늘은 만담을 할 기분이 아니야."

"손님들을 앞에 두고 실례되는 소리를 하네. 소설가만 해서는 먹고살 수 없어서 무대에 섰으면서."

"이렇게 한심한 작가, 세상을 다 뒤져봐도 우리뿐이겠지."

"하늘이 두 가지 재능을 주셨다고 해석하면 마음도 즐거워져. 우리 만담이 인기를 끌면 노벨 문학상 심사위원 특별상도 꿈은……."

"꿈이지, 그런 건."

"뭐, 노벨상은 어려울지 모르지만 만담을 할 기분이 아니라니, 무슨 일이 있었어?"

"응. 지난주 내 책 서평이 잡지에 실렸거든. 자칭 평론가라는 가라시마 신이치로辛島辛一郎가 오만하게 잔소리를 써댔어."

"가라시마 신이치로라. 그 사람은 이름 그대로 따끔한 소리로 먹고사니까. 호되게 당했겠네."

"아니, 비방에는 익숙해졌으니 괜찮아."

"괜찮으면 된 거 아니야?"

"내용은 문제가 아니야. 저자 이름을 틀려서 화난 거지. 쇼타의 쇼正를 작을 소小 자로 썼더라니까. 기분 나쁘잖아, 그건."

"그건 기분 나쁘지."

"주인공 이름도 그래. 미카미 아키오三神秋生가 미카미 아키오三上秋男로 되어 있었어. 무례하기 짝이 없다니까, 정말. 어이, 평론가 양반. 눈은 제대로 박혀 있어? 바보도 글자는 베껴 쓸 줄 알아. 그놈들 똑똑한 원숭이보다 못하다니까."

"자기도 틀리면서."

"뭐?"

"아, 아니. 그런 건 불쾌하지만 단순한 오자일지도 몰라. 너무 신경쓰지 마."

"어떻게 신경을 안 써? 그것만 불쾌한 게 아니야. 짜증내던 참에 그 서평이 실린 잡지에서 에세이 의뢰가 왔어. 이거 좋은 기회다 싶었지. 에세이에서 가라시마의 가라辛를 일부러 텅 비었다는 뜻의 가라空로 바꿨지."

"어린애처럼……."

"그랬더니 편집자가 전화를 해서 '가라시마 선생님 성함이 잘못되었기에 정정해두었습니다'라는 거야! 쓸데없는 짓 하지 마! 정정하려면 내 이름도 고쳤어야지!"

"알았어, 알았어. 여기서 고함을 지르니 기분이 좀 풀려?"

"후련하네. 자, 만담을 할까?"

"제멋대로네. 진지하게 해. 하지만 넌 신간 서평도 실리고 좋잖아. 나는 벽에 부딪혔어."

"왜, 글이 잘 안 풀려?"

"전혀. 아침부터 밤까지 책상 앞에 앉아 있는데 한 줄도 못 쓰는 날이 계속 되고 있어. 이젠 도저히…… 너, 뭐가 그리 좋아?"

"어? 후후. 아니, 그냥."

"좋아하고 있잖아."

"그렇지 않아."

"좋아하고 있잖아. 동업자의 슬럼프가 그리 고소하냐?"

"하하. 알면 묻지 마."

"이 자식. 근성이 글러먹었네. 그런 태도는 경멸받아야 해."

"도끼눈 뜨고 화내지 마. 농담한 걸 갖고."

"그게 못쓴다는 거야. 정말 재수없는 남자라니까."

"그래, 나 재수없는 남자다. 어느 세상에 명랑 쾌활하고 산뜻한 소설가가 있어?"

"없진 않아."

"없다니까. 그런 고소공포증 파일럿 같은 인간. 소설이란 건 말이지, 어렸을 때부터 소심하고 음침하고 불평 많은 사람이 쓰는 거야."

"비하하는 건 네 맘이지만 남까지 끌어들이지 마. 슬럼프에 빠졌을 때 너 같은 녀석하고 이야기하면 골치만 더 아파."

"하하. 상당히 곤란한 모양이네."

"얼마나 힘든데. 추리소설이나 공포소설처럼 가벼운 글을 쓰는 엔터테인먼트 작가인 너도 이 고통은 알지?"

"가벼운 글이라니, 너야말로 무례하네. 문호인 척하기는."

"평소에는 문단 구석에서 분재처럼 얌전히 지내. 무대 위에서는 문호처럼 굴게 해줘."

"하긴 글이 안 쓰일 때는 괴롭지. 전에도…… 이름을 말하면 문제가 있겠군……. A씨의 비참한 슬럼프 이야기를 들었어. 그쯤 되면 가족들도 큰일이야."

"허. 그 A씨는 어떤 상황이었는지 가르쳐줘."

"남의 불행이 그리 궁금해?"

"응. 깨소금처럼 고소하니까."

"아까 한 말하고 다르잖아. 그 성격, 못 고치냐?"

"소설가다우니 고칠 필요 없잖아. 다른 작가들은 어떤지 궁금해. 나는 글이 너무 안 쓰여서 그만 아내한테 화풀이를 했어."

"슬럼프에 빠진 작가의 부인들은 고생이네."

"그래서 A씨는?"

"A씨의 경우 너무 글이 안 쓰여서 기분 전환을 하려고 부인하고 어린 아들을 데리고 산속에 별장을 빌려서 틀어박혔대. 전화도 안 통하는 상황에 자신을 몰아넣고 창작에 몰두하려는 거지. 오락거리는 텔레비전과 라디오뿐."

"텔레비전하고 라디오는 있냐."

"유일한 취미가 한신 타이거스 응원이야. 열광적인 팬이거든. 한신이 또 약하잖아. A씨로서는 점점 일할 맛이 안 나는 거지."

"슬럼프에 타이거스 팬으로서의 고통까지 설상가상이네. 동정이 간다."

"별장에 틀어박힌 건 좋았지만 소설은 안 쓰이지, 한신은 호쾌하게 연패하지. 그 탓에 스물네 시간 내내 저기압. 그러니 부인도 못 견디지. 그걸로도 모자라 술에 취해 난동까지 부리니 아들도 아버지를 무서워하기 시작한 거야."

"흠. 심각하네."

"부인은 이대로는 위험하겠다 싶어 A씨에게 산에서 내려가자고 의논하려 했어. 그래서 서재로 다가갔는데 안에서 맹렬한 속도로 컴퓨터 키보드를 두드리는 소리가 들린 거야."

"오! 다행이네."

"그렇게 생각하지? 아아, 겨우 벽을 뛰어넘었구나, 하고 부인도 기뻐했어. 그런데 노크를 해도 무시는 기본이고 식사를 차리고 부르러 가도 대답이 없는 거야."

"집필에 몰입한 거지."

"방해해서는 안 된다고 생각한 부인은 삼시 세끼 식사를 문 앞에 갖다놓기로 했어. A씨는 방에서 한 발짝도 나오려 하지 않았으니까."

"슬럼프에서 탈출한 거 아니야?"

"부인도 그렇게 믿었지. 너무 몰두해서 건강을 해치면 안 되는데 하고 그것만 걱정했어. 사흘 낮 사흘 밤이 지나고 키보드를 두드리는 소리가 멎었어."

"호오."

"아무래도 지쳐서 잠든 것 같았지. 어떤 모습으로 자는지, 감기라도 걸리면 큰일이라고 걱정한 부인은 살며시 문을 열고 들어가봤어. A씨는 소파에 벌렁 드러누워 쿨쿨 코를 골고 있었어. 그런 남편에게 담요를 덮어주고 부인은 책상 위를 힐끔 쳐다봤어. 그러자 인쇄된 원고가 묵직하게 쌓여 있는 거야."

"완성했구나. 나도 장편을 끝내면 기절하듯 잠들어."

"부인도 분명 탈고한 거라고 생각했어. 그리고 어떤 작품이 나왔을까, 책상으로 다가가 원고를 보았더니…… 빼곡하게 적혀 있었어."

"뭐가?"

"백스크린 3연발 백스크린 3연발 백스크린 3연발 백스크린 3연발 백스크린 3연발 백스크린 3연발 백스크린 3연발 백스크린 3연발 백스크린 3연발 백스크린 3연발 백스크린 3연발 백스크린 3연발 백스크린 3연발."

"야."

"다음 페이지로 넘기니 이번에는 바스 50호 홈런."◆

"스티븐 킹이냐?"

"비참하지? 다다이즘 시 얘기가 아니야."

"그 정도는 알아. 사람들 앞에서 신빙성 없는 이야기는 하지 마."

"실화인데."

"아직도 그 소리냐. 아, 실망이야. 나는 진지하게 고민하고 있는데."

"유난 떨기는. 기껏해야 소설이니 머리 싸매고 고민하지 마.

◆ 1985년, 요미우리 자이언츠를 상대로 한신 타이거스 3번 타자인 랜디 바스가 백스크린으로 홈런을 날린 것을 시작으로 4번 타자 가케후, 5번 타자 오카다가 연속으로 백스크린 홈런을 날려 역전승을 거두었다. 랜디 바스는 그해 최종 54호 홈런 기록을 세웠다.

일단 시작부터 해봐."

"일단이라니……."

"멋진 첫 문장이 나오면 그걸 따라 펜이 술술 굴러갈 때도 있어. 소설은 결국 그런 거잖아. 명작이라 불리는 문학 작품도 의외로 그렇게 나왔을지 몰라."

"그럴 리는 없겠지만 뭐, 첫 문장은 중요하지."

"그래, 중요해. 명작은 처음부터 명작이니까. '국경의 긴 터널을 지나니 설국이었다. 밤의 밑바닥까지 하얘졌다'."

"그건 초등학생도 알아. 가와바타 야스나리 『설국』의 유명한 도입부잖아. 거기밖에 모르는 사람도 많지만."

"뜨끔!"

"설마, 너……?"

"아니, 어쨌든. 첫 문장만 들어도 누구나 작품 제목을 떠올리는 건 굉장한 일이야. 우리도 인생에서 한 권은 그런 걸 써야지. '나는 고양이다. 이름은 아직 없다' 이런 거."

"'모든 행복한 가정은 서로 닮았고, 모든 불행한 가정은 제각각 불행하다.'"

"톨스토이의 『안나 카레니나』인가. 그것도 유명하지. 어디로 보나 명작의 막을 여는 느낌이야."

"'나는 그 남자의 사진을 세 장 본 적이 있다'는 뭔지 기억해?"

"그 인상적인 첫 문장은 다자이 오사무의 『인간 실격』이지. 기억에 똑똑히 남아 있어."

"용케 기억하는군. 그럼 이건 어때? '그래, 사실이다. 나는 정신병원에 수용된 환자다.'"

"네 일기."

"왜 그렇게 돼?"

"알아, 알아. 그건 귄터 그라스의 『양철북』이지."

"엔터테인먼트 작가치고는 제법인데. 다음은 이거다. '어느 여름날 오후, 타파웨어 제품 홍보를 위한 홈파티에서 돌아온 에디파 마스 부인은 파티를 연 안주인이 퐁뒤 요리에 버찌 브랜디를 다소 많이 넣지 않았나 생각했다.'"

"음, 에디파 마스 부인? ……글쎄, 뭐지?"

"정답은 토머스 핀천의 『제49호 품목의 경매』."

"그런 걸 어떻게 알아!"

"그럼 이건? '오늘 엄마가 죽었다.'"

"아아, 그건 엄청 유명하잖아. 나도 정말 좋아해, 그 첫 문장. 고등학생 때 읽었지. 카뮈의 『이방인』이잖아. 전율했어."

"그 한 문장만으로 마음이 위태롭고 불안해지지. ……하지만 똑같은 글을 써도 오사카 사투리면 그렇게 안 돼."

"그래?"

“‘오늘 어무이가 죽었다.’ ……전율이 와?”

“……너, 오사카 토박이면서. 그만두자, 그런 자학적인 개그. ‘오늘 어무이가 죽었다’면 어때서? 뭐가 나빠? 그걸로 시작하는 위대한 걸작도 있을 수 있지.”

“그럴지도. 하지만 첫 문장은 어차피 첫 문장이야. 그것만으로 독자를 감동시킬 수 있는 건 아니야.”

“감동이라. 여러모로 귀찮은 생각을 하네.”

“작가라면 당연한 거잖아. 난 너처럼 매상만 생각하지 않아.”

“아, 또 무례한 소리를. 그렇지만 매상도 중요하잖아. 그걸 신경쓰지 않는 건 작가로서 태만한 거야.”

“태만이라…….”

“나는 띠지나 광고에 있어서도 편집자에게 서슴없이 의견을 말해.”

“실은 나도 그렇게 무심하진 않아. 내 소설을 담아낸 서적이란 그릇은 강하게 의식해. 그래서 커버는 타협하지 않고 세세한 요청을 하지.”

“커버라니 표지 말이야? 그건 꼴사나운데. 작가는 그런 것에 신경 끄고 편집자나 디자이너에게 맡기면 되잖아.”

“맡기면 된다고? 엔터테인먼트 작가 주제에, 너야말로 안일해.”

"일일이 엔터테인먼트 작가라고 말하지 마."

"자기 작품이 보다 광범위한 독자와 만날 수 있도록 모든 방법을 강구하는 게 프로야. 그게 진지하고 성실한 태도라고."

"진지하고 성실한 태도라. ……흠."

"뭔가 말하고 싶은 얼굴이네."

"역이나 여행사 영업소에 여행 전단지가 잔뜩 놓여 있잖아. 거치대에 꽂혀서."

"그거, 화제를 바꾸는 거야? 그래, 흔히 볼 수 있지. 여행 갈 예정이 없어도 나는 그런 전단지를 보는 게 좋아. '세계 일주 호화 크루즈'든 '노천탕이 있는 명문 여관 여행'이든, 보기만 해도 즐거워."

"돈이 안 드는 남자네. 그리고 남쪽 섬을 다룬 전단지에는 수영복 차림의 젊은 여자가 찍혀 있잖아. 그런 사진 옆에는 대개 '참고용 이미지입니다'라고 적혀 있고."

"해변에 항상 그런 귀여운 아가씨가 있는 건 아닙니다, 그렇게 말하고 싶은 거겠지. '가봤더니 순 남자에 아줌마뿐이잖아'라고 불평하는 손님은 없을 텐데. 혹시라도 불평하지 못하도록 표기하는 거겠지."

"오늘 아침, 집에 슈퍼 전단지가 와 있었어."

"이야기가 튀네."

"바구니에 담긴 사진과 함께 송이버섯 광고가 실려 있었어. 몇 그램에 얼마, 이렇게. 그 사진이 이상했어. 옆에 작게 '이미지'라고 적혀 있는 거야."

"그건……."

"이상하지? 바구니에 송이버섯을 담아서 파는데 '이미지'라니, 그게 무슨 뜻이야. 이해가 안 가. 뭔가 사기 같아."

"……응, 그러네."

"너, 작년에 겐토샤에서 『지옥의 우물 밑에서』라는 책을 냈지? 음침하고 관념적인 소설."

"그래, 냈어. 너한테도 선물로 줬잖아."

"표지가 엄청났지, 그 책. 양피지 같은 종이에 뒤러의 동판화를 얹어서……."

"굉장했지? 아름답고, 격조 높고, 으스스하고."

"굉장했어."

"편집자랑 디자이너하고 몇 번이나 회의를 거듭하고 끈질기게 교섭해서 겨우 거기까지 끌어낸 거야."

"확실히 멋진 표지였어. 다만 커버 구석에 '이미지'라고 적혀 있었다면 훨씬 멋졌겠지만."

"책 내용이 표지에 못 미친다고 말하고 싶은 거냐!"

"화내지 말라니까. 봐, 박수 치는 손님도 있잖아."

"저 손님은 다른 책에 속았던 거야. 사모님, 그렇지요?"

"충고하겠는데 넌 여행사나 슈퍼에서는 일하지 마라. 광고로 손님하고 옥신각신할 것 같아."

"이 자식. 손님 앞에서 부당한 비방을 하네. 여러분, 진심으로 받아들이지 마세요. 이 남자에게 순문학을 이해할 지성이 없는 것뿐이니까요."

"그걸 순문학純文學이라고 하는 거야? 대충 훑어본 게 다지만 둔문학鈍文學 같던데."

"훑어만 보고 판단하지 말아줘."

"충분하잖아. 그건 도저히 끝까지 못 읽겠어. 너무 지루해."

"말이 심하네. 그럼 나도 한마디하겠는데, 너 겐토샤에서 『공포의 유원지』라는 책을 냈지?"

"맞아. 그건 무섭다고. 정말 무서운 소설을 노리고 쓴 거니까. 저주받은 유원지에 갇힌 소년 소녀를 차례로 덮치는 공포. 무서운 걸 좋아하는 분들은 꼭 읽어보세요. 장담하건대 밤중에 화장실도 못 갈 겁니다."

"편집자들 사이에서 화제였어. '그건 저주받은 소설'이라고."

"어, 그래? 하하, 그 정도일 줄은 몰랐네."

"저주받은 모양이야. 혼자서는 도저히 읽을 수가 없어서 편집부 사람들 모두 나눠서 교정 봤다던데. 베테랑 편집자까지 '이런 소설은 읽어본 적이 없다'며 떨었다더라."

"행복하군."

"이미 '출판계의 전설'이라는 말까지 듣고 있어."

"'호러 소설의 금자탑'이라거나?"

"천만에."

"편집자가 무서워서 못 읽는다며?"

"아니. 너무 지루해서 한 사람이 열 페이지를 읽는 게 한계래. 그래서 편집부가 모두 달려들어 교대로 교정을 봤다더라고. '더는 못 하겠어. 못 참겠으니 빨리, 바, 바꿔줘……'라면서 다들 줄줄이 쓰러졌다더라."

"그런 소설이 어디 있어?"

"그러니까 저주받은 소설이라고 불리는 거 아냐. 젊은 나이에 벌써 전설을 만들다니 대단해, 너."

"시끄러. 친한 척 어깨 두드리지 마, 어깨. 상처 입었어."

"독설가인 주제에 쉽게 상처받네."

"작가는 소심하고 음침하고 불평이 많다잖아."

"최악이네."

"슬럼프로 의기소침한 녀석한테 그런 말 듣고 싶진 않네."

"아, 생각났다. 나, 슬럼프였어."

"무대에서 요란하게 한쪽 무릎 꿇지 마. 혼자 고뇌해. 말해두겠는데 소설이 안 쓰인다고 부인에게 화풀이하는 흉한 짓은 그만둬. 창작의 길은 고독한 거야."

"……그렇지."

"아무리 따뜻한 가정이 있어도 작가란 원고를 마주할 때는 절대적으로 고독한 법이잖아. 누군가 이런 말을 했지. '작가란 집에 있으면서도 가출한 상태다'라고."

"조금 멋지게 들리는데. 누가 한 말이야?"

"글쎄. 까먹었다. 자크 데리다였나, 마사무네 하쿠초였나, 가르시아 마르케스였나, 데라야마 슈지였나, 하시 유키오였나……."

"하시 유키오?"

"몰라? 감이 떨어졌네. 하시 유키오의 왕년의 히트곡 하면?"

"〈이타코가사〉."

"첫 소절 좀 불러봐."

"노래를 하라고? '이타코의 이타로~'."

"이탈리아인 이탈로."

"이탈로 칼비노냐![◆]"

◆ 노래 가사에 나오는 이타코는 이바라키 현의 도시로, 이탈리아인을 가리키는 일본어 멸칭과 발음이 같은 것을 이용한 말장난이다. 이탈로 칼비노는 이탈리아의 소설가.

"딩동댕!"

"숨을 거둘 때 이탈리아 대통령이 병실까지 조문하러 온 20세기 문학의 대가에게 무슨 소리를. 대사관 사람이 화내면 어쩔 거야?"

"사과하면 장땡이지. '봐주세요. 쪽발이가 한 헛소리니까'라고."

"그렇게 비굴하게 사과할 거면 처음부터 시시한 소리 하지 마."

"화내지 말라니까. 조금 더 마음을 너그럽게. 눈앞의 고민은 잊고 큰 꿈을 그려봐. 우주는 넓어."

"유치한 위로네. 하지만 흠, 꿈이라……."

"작가로서 네 꿈은 뭐야? 한번 말해봐."

"응. 그건 뭐, 흔한 이야기지만 문학상을 받고 싶어."

"하, 문학상? 속물이네."

"어디가 속물이라는 거야. 너도 솔직히 말해 군침이 돌 정도로 탐나잖아?"

"'군침이 돌 정도'라는 낡아빠진 표현으로 말하다니 웃기지도 않네. 준다고 해도 안 받아, 나는."

"거짓말. 솔직히 받고 싶다고 말하면 어때?"

"흥. 너하고 내가 지금 무슨 예명으로 여기에 서 있지? 아쿠타

가와 쇼스케와 나오키 쇼타라고. 이런 불성실한 녀석들에게 아쿠타가와상이나 나오키상을 줄 것 같아?"

"불성실하게 굴 생각은 없는데…… 인상이 안 좋을까?"

"우리 같은 작가는 인상을 염려할 수준도 못 돼. 하지만 네가 이제 와서 문학상을 탐낼 줄은 몰랐네. 그렇게 받고 싶어?"

"꿈꾸는 장면이 있어."

"어떤?"

"왜, 흔히 듣잖아. 후보가 된 작가가 결과 발표를 기다리는 장면. 그걸 경험해보고 싶어."

"담당 편집자를 모아놓고 널찍한 호텔방에서 전화를 기다리는 그런 거?"

"호텔이 아니라도 괜찮아. 패턴은 다양하다니까. 친한 편집자하고 둘이서만 자택에서 기다리는 경우도 있다고 하고, 친구를 모아 선술집에서 왁자지껄 떠들면서 기다리는 사람도 있어. 수상하면 바로 요란한 축하연을 벌이고, 낙선하면 바로 떠들썩하게 위로회를 열 수 있도록."

"그건 좋네, 좋아. 넌 어쩌고 싶어?"

"도심 호텔에 편집자들을 부를 거야. 그리고 긴장하면서 다 함께 발표 전화를 기다리는 거지. 그때 사람들 태도가 참 재미있대. 긴장을 참다못해 말이 많아지는 사람도 있고, 작가에게

'죄송합니다. 지금 그쪽으로 가고 있는데 길을 몰라서'라는 전화를 걸어 사람들 힘을 빼놓는 편집자도 있고."

"인간적인 정경이군."

"재미있지. 떨어졌다는 연락을 받고 고개를 들어보면 이미 방에서 사라진 사람도 있다더라."

"누군지는 묻지 않을게."

"말 못 하지."

"넌 그런 정경 속에 들어가 몽상에 젖어 있는 거군."

"돈이 들지 않는 오락이야. 늦네, 어찌되었나, 하고 모두 기다리다 지쳤을 무렵에 겨우 전화가 오는 거야. 따르르릉. 편집자들이 마른침을 삼키고 지켜보는 가운데, 나는 천천히 수화기를 들어."

"운명의 순간이군."

"거기서 날리고 싶은 개그가 있어. 엄청 낙담한 표정을 짓고 침울한 목소리로 '예……. 예……. 아아, 그렇습니까'라고 말하고 전화를 끊자마자 '따냈당!' 하고 브이 사인을……."

"바보냐? 넌 바보구나."

"낙선했을 때는 그 반대로 하는 거야. 얼굴 가득 희색을 띠고 '예……. 예……. 감사합니다!'라고 해놓고 전화를 끊자마자 '어림도 없었네요!'"

"아까도 바보라고 했지? 그런 개그는 나도 생각한 적 있어."

"역시 우리 발상 수준은 똑같나."

"편집자에게 그런 농담을 했다가 비웃음만 샀어. '그런 사람 없습니다. 아무리 익살스러운 사람이라도 그런 짓을 할 여유가 있었던 적은 없네요'라고."

"……그런 거야?"

"주변 편집자가 진지하게 수상을 빌어주는데 불성실하게 그럴 수는 없잖아. 너는 사람에 대한 이해가 부족해."

"웃길 줄 알았는데."

"어차피 하려면 조금 더 현실성 있는 소리를 해. 나 같으면 그런 짓은 하지 않아."

"뭔가 다른 이미지가 있어?"

"그러네. 일단 호텔에 편집자들을 부른다는 패턴은 타파하겠지."

"단골 선술집에서 기다릴 거야?"

"아니."

"공원 그네에 앉아서?"

"조금 더 멋지게 해보자. 이왕이면 해외로 가서. 결과 발표 시간에 어디 있는지만 알려놓으면 외국에 있어도 문제는 없잖아?"

"연락처만 확실히 알리면 그렇지. 외국이라니 어디쯤?"

"파리의 호텔이든 타히티의 수상 방갈로든 상관없어. 동행은 없이."

"파리나 타히티로 연락해달라고 전하는 게 멋지다는 거야? 시시하네."

"멋진 건 전화를 받는 순간이지. 몇천 킬로미터 떨어진 일본에서 심사 결과가 나오자마자, 내게로 국제전화가 와. 수화기를 들면 '축하드립니다. 수상이 결정되었습니다'라는 목소리. 그때를 노리는 거야."

"어떻게?"

"졸린 목소리로 '여기가 지금 몇 시인 줄 아는 거야!'라고 하는 거지"

"잘도 말하겠다."

"개그잖아. 아아, 꼭 상을 받아서 그 말을 하고 싶다."

"너하고 떠들다 보니 슬럼프의 고통이 해소되는군. 이런 바보도 소설가로 먹고사는데."

"힐링되지?"

"정신 못 차리는 녀석이네."

"경멸의 눈초리로 보지 마. 나도 펜이 멈춰서 번민하고 있던 참이니까."

"뭐야, 그랬어?"

"이번에 신작으로 쓸 본격 미스터리 트릭이 떠오르지 않아서 고생하고 있거든. 겐토샤에서 봄에는 내고 싶은데."

"……아무래도 상관없지만 겐토샤도 가리지 않고 내는 출판사네."

"그럼, 내고말고. 거긴 뭐든지 내. 무서울 게 없어."

"영리를 목적으로 하니까 무서울 게 있을 텐데……."

"어이, 듣기 안 좋잖아. 겐토샤는 영리를 목적으로 하지 않아. 유괴범도 아니고."

"영리 목적이 당연하잖아! 거긴 민간 기업이라고."

"그 정도는 아네요."

"정말 아는 거 맞아?"

"그렇지만 공영이나 국영 출판사가 있으면 재미있겠지. 굉장히 마감에 느슨하거나."

"야야. 공무원 손님도 계실 텐데 실례되는 소리 하지 마."

"사실을 말하는 것뿐인데. 그렇죠? 계획을 세우고 예산을 받은 지 몇십 년이 지났는데 끝내지 못한 공공사업이 수두룩하잖아."

"뭐, 많긴 한 모양이다만."

"그렇다니까. 수자원 개발이니 전력 확보니 하며 계획을 세워놓고 건설은 지지부진한 댐이나."

"텔레비전이나 신문에서 자주 보도하지."

"사회 정세는 눈부시게 변화하는데 말이야. 그런 속도로 일하면 작가는 마음 편하고 좋을 거야. 느긋하게 소설을 쓸 수 있지. 물론 그사이에도 수당은 받을 수 있고."

"뻔뻔한 소리네. 하지만 그렇게 느긋하게 쓰면 내용이 점점 시대에 뒤처질 수도 있잖아."

"내용에 따라서는 치명적인 시대착오를 범하게 되겠지."

"'스파이 소설을 한 편 부탁합니다'라고 부탁받았는데 이십 년이나 질질 끌다가 소련이 사라지거나 베를린 장벽이 무너지거나."

"에도가 도쿄로 바뀌거나."

"그건 대체 몇 년 전 의뢰냐."

"히라가나가 발명되거나."

"말이 되는 소리를 좀 해."

"아름다움은 혼돈 속에 있다. 어, 이건 누가 한 말이더라. 오카쿠라 덴신인가?"

"누구면 어때. 어쨌거나 네게는 감사할게. 생각을 바꾸고 다시 집필할 수 있을 것 같아."

"난 기운이 빠지는데. 네 슬럼프를 떠안은 기분이야."

"트릭 같은 거야 대충 짜도 되잖아. 애초에 추리소설 소재는 더 나올 게 없잖아?"

"그걸 어떻게든 돌파하는 게 현대 추리 작가가 짊어진 숙명이야. 아아, 괴롭다."

"이미 있는 트릭을 빌리면 그만이잖아."

"어리석도다. 그건 추리 작가에게는 금기야. 전례가 있는 트릭을 사용하면 동료나 팬에게 규탄받아."

"깐깐하네."

"가수는 좋겠다."

"뭐?"

"늘 생각하는데, 가수가 부러워."

"왜?"

"왜긴, 편하잖아. 노래만 하면 되니까."

"보통 사람은 부르지 못하는 노래를 부르니까 훌륭한 거지. 재능과 노력이 모두 필요한 힘든 일이야."

"하지만 매일 같은 노래를 불러도 되잖아? 히트 친 곡은 하루에 서너 번씩도 부를 테고."

"같은 곡이라도 매번 진지하게 임할 거야."

"같은 곡이라는 게 부러운 거잖아. 작가도 같은 소설을 몇 번씩 쓰게 해주면 좋겠어. 트릭도 똑같이. 독자는 그걸 알면서도 읽고서 '오! 이번에는 정경 묘사가 두 줄 많네' 하고 기뻐해주거나…….”

“잘도 그러겠다.”

“‘저번에는 나이프가 흉기였는데 이번에는 식칼이네’라며…….”

“기뻐할 리 있냐. 그런 시시한 이유로 남의 직업을 부러워하지 마.”

“이해 못 해주겠어?”

“작가라고 생각할 수 없는 경솔한 발언이로군.”

“그건 서로 마찬가지지. 하지만 진지하게, 음악가나 연극배우가 부럽다고 생각한 적 없어?”

“응? 나는 별로…….”

“관객 앞에 서서 스포트라이트를 받으며 퍼포먼스를 한다는 것에 대한 동경. 있잖아? 거기에는 서재에서 컴퓨터 키보드를 두드리며 작품을 짜내는 작가가 가질 수 없는 긴장과 감동이 있어. 관객의 반응이 그 자리에서 바로 전해진다고. 멋진 일이잖아.”

“뭐, 그렇지.”

“실수해서 낙담할 때도 있을 테고 분명 휘몰아치는 야유에 울고 싶어질 때도 있을 거야. 하지만 최고의 퍼포먼스를 보여주었을 때는 온몸이 저릿한 환희를 맛볼 수 있겠지. ‘아아, 최고다.

나는 이 박수와 환호성의 중심에서 지금 이 순간에 죽어도 좋다' 고 눈물을 흘릴 게 분명해. 그런 숭고하고 특권적인 순간이 우리 작가들에게 있어?"

"유감이지만 그건 없어. 비교적 잘 씌었네, 라고 생각하는 정도지."

"그렇지? 나는 그런 뜻에서 무대에 선 음악가나 배우가 부럽다, 그들을 동경한다고 말한 거야. 이해했어?"

"그래."

"아아, 부럽다. 무대에 서서 갈채를 받을 기회가 있는 사람이."

"……우리, 지금 무대에 서 있는데."

"어?"

"여긴 무대 위야."

"그런데도 언제나 마음이 허한 건, 어째서?"

"그만 됐다."

쓰지 말아주시겠습니까?

기내에 있을 때부터 아카기 게이야를 닮은 사람이 있다고 생각했는데, 공항 출구 근처에서 회색 양복을 쫓아가보니 역시나 그였다. 문예 클럽 파티에서 몇 마디 나눈 뒤로 거의 반년 만이다.

"안녕, 아카기 씨."

이노우에 미사오가 부르는 소리에 걸음을 멈추고 돌아본 게이야는 은근히 놀란 표정이었다. 실처럼 가느다란 눈은 평소와 똑같았지만 안경이 도회적이고 샤프한 디자인으로 바뀌었다.

"이거, 이거. 혹시 이노우에 씨도 타고 있었어?"

"오사카에서 온 비행기 말이지? 응, 타고 있었어. 다섯 열 정도 대각선 뒤쪽에 앉아 있었어. 저 사람 혹시 아카기 씨인가 반신반의하면서. 일하고 돌아가는 길이야?"

게이야는 작은 여행 가방을 하나 들고 있었다. 손에 선물 봉투 같은 건 없었다.

"친척 제사가 있어서. 좀더 느긋하게 있다 오고 싶었는데 내일 오전에 일이 생겨서 그만. 그래서 싫어하는 비행기를 타고 돌아왔지 뭐야. 이노우에 씨야말로 일?"

미사오는 베이지색 바지에 맞춘 재킷을 한 손에 들고 다른 손에는 원고 뭉치로 빵빵해진 가방을 들고 있었다. 교토에 사는 연로한 대가의 옥고玉稿를 받아오는 길이었다.

"나는 내일 오전에 빠질 수 없는 회의가 있어서 돌아왔어. 신칸센으로 와도 상관없었지만 저렴한 티켓을 구해서 드물게 비행기로 왔지. 식사는 벌써 마쳤어? 괜찮으면 신주쿠 부근에서 가볍게 한잔하고 돌아가자."

예전에 둘이서 술을 마시다가 점찍어둔 가게가 니시신주쿠에 있다. 게이야는 잠시 뜸을 들였다가 "응, 좋지"라고 대답했다.

"괜찮아? 피곤하면 다음에 마셔도 되는데."

미사오는 대답이 한 박자 늦은 것이 마음에 걸렸다. 평소보다 목소리에 기운도 없어 보인다. 하지만 게이야는 "가자. 오랜만이기도 하고"라며 미소를 지었다.

"원고 재촉은 하지 말아줘."

"알았어. 다음 신작 장편은 아카기 씨 구상이 확실하게 자리 잡은 뒤에 착수하기로 약속했으니까. 하지만 그 약속을 한 지 이래저래 사 년째 아닌가?"

미사오가 빈정거리듯 말하자 게이야는 어깨를 늘어뜨렸다.

"그게 재촉이잖아. 요즘 내 펜이 제자리걸음인 걸 모르는 모양이네."

심각한 목소리로 대답하기에 조금 당황했다. 타박할 생각은 없었다.

"미안해. 농담한 것뿐이야. ……지금은 세이요샤 장편을 집필하고 있었던가?"

게이야가 "전혀 진척이 없어" 하고 내뱉었다.

"기운이 없네. 좀더 당당해도 되잖아. 각 방면에서 절찬받은 『성장의 기록』을 발표한 지 아직 한 달 정도밖에 안 지났으니까. 그건 굉장했지."

진심인데 빈말로 들렸는지, 게이야는 씁쓸한 표정을 지었다. 정말이지, 작가란 토라지고 비뚤어질 줄만 아는 까다로운 인종이다.

학창 시절부터 알고 지낸 친구라 과대평가하는 게 아니라 『성장의 기록』은 실로 걸작이다. 오락소설로 즐기기에는 너무 어두운 경향이 있어 그런지 판매 측면에서는 대형 베스트셀러까지

가지 못한 게 아쉽지만, 내용은 훌륭한데다 흠잡을 데가 없었다. 그만한 작품을 쓴 뒤에는 한동안 넋이 빠져 있어도 어쩔 수 없으리라.

"어쨌거나 우리 회사는 언제까지고 느긋하게 기다리겠습니다, 아카기 선생님."

"그 선생님이라는 호칭 좀 그만두라니까. 추측건대 목하 함께 마시러 갈 애인이 없나 보군."

"실례되는 말을. 맞긴 하지만…… 그건 서로 마찬가지잖아."

팔짱을 끼고 항의하는 시늉을 하자 게이야는 싱긋 웃었다. 약간은 기분이 풀린 모양이다.

"그럼 전에 갔던 가게 구석에서 천천히 한잔 들면서 서른이 된 우리의 연애관과 결혼관의 어디에 문제가 있는지 검토해보자. 일 얘기는 금지. 업계 소문도 패스. 단, 누구도 슬럼프다, 그런 얘기는 괜찮아. 계산은 각자."

"블랙쇼인에서 낼게."

"인기 없는 환상소설을 잔뜩 내는 그런 약소 출판사 편집자는 업무 관련이 아니면 경비로 처리 못 하잖아?"

"조만간 만 배로 받아낼 테니 걱정하지 마. 게다가 나는 경비를 알뜰하게 쓴다고 사내에서 높은 평가를 받고 있어."

"학창 시절부터 알고 지낸 편집자가 최고라니까."

걸어가면서 이야기하는 사이 택시 승강장에 도착했다. 미사오가 나중에 타면서 행선지를 말했다. 백발의 운전사는 "알겠습니다" 하고 정중하게 대답했다. 요즘은 정리해고로 전직한 사람들이 많아서 그런지 길을 모르는 택시 기사가 늘어 짜증스러울 때가 있지만 오늘은 괜찮은 모양이다.

"저…… 에어컨 온도 좀 낮춰주시겠어요?"

차가 수도고속도로를 타자마자 게이야가 말했다. 운전사는 "추우십니까?"라고 되물으며 에어컨을 조절했다.

"정말 죄송합니다. 구월에 접어들어 늦더위도 잠잠해졌는데, 오늘밤은 습도가 높아 무더워서요. 그래서 그만 세게 틀었네요."

부자연스러운 각도로 기운 룸 미러에서는 운전사의 미끈한 입가 아래쪽만 보였다. 입술이 얇다. 그 입술이 움직여 미사오에게 말했다.

"너무 낮췄나 봅니다."

"저는 냉방에 강하니 괜찮아요. 회사에서는 에어컨 바람을 정통으로 맞으며 일하고 있어 설녀라는 별명이 붙었을 정도예요."

운전수가 재미있다는 듯이 웃었다.

"허. 그거 드문 일이군요. 여자분들은 보통 냉방을 싫어하잖아요. 저희 딸은 여름이 힘들다고 한탄합니다. 복대를 차고 통근하고 있어요. 여성 회사원들을 위한 예쁜 복대를 판다더군요."

"원래 여성은 그렇게 섬세한 법입니다."

게이야가 얄미운 소리를 하며 혀를 쏙 내밀었다. 바로 받아치지 못한 미사오는 반격할 기회를 노리기로 했다.

학창 시절 기분 그대로 마음 편히 장난칠 수 있는 게이야와 만날 수 있어 다행이다. 교토의 연로한 대가로부터 "당신네 회사는 도통 책을 팔 줄 몰라"라고 음험한 잔소리를 들어 기분이 썩 좋지 않았다. "당신은 정중한 말씨가 장점이로군. 언제나 차분하고 냉정하고, 참으로 실수가 없어"라는 말도. 그 인물평이 꼭 빗나간 건 아니었다. 유쾌하지는 않다. 편집자도 사람이니 당연히 감정이 있고, 슬럼프에 고민할 때도 있다.

"설녀라는 별명은 나쁘지 않네."

차창을 지나는 창고들을 바라보며 게이야가 불쑥 말했다.

"북쪽 지방에서 자란 피부 하얀 미인이 떠올라."

"보소 반도 어촌 출신으로 빨간 머리 앤처럼 주근깨투성이인 여자치고는 훌륭한 별명이라고 말하고 싶은 거야?"

"그런 얄궂은 뜻으로 말한 게 아니야. 혹시 설녀라고 불리는 게 마음에 안 들어?"

어린애도 아니고, 별명 따위야 아무래도 좋다.

"아니. 환상문학이 전문 분야인 이노우에 미사오 님에게는 상당히 잘 어울리는 별명이라고 만족하고 있어. 설녀를 배반하면 끔찍한 꼴을 당하니까 다들 성심성의껏 대해줄 것 같고."

"응……. 너무하네."

게이야가 차창을 바라본 채로 침울한 목소리로 중얼거렸다. 미사오가 "어?" 하고 묻자 그녀 쪽으로 몸을 휙 돌렸다.

"아아, 무슨 소린가 했어? 너무하다는 건 전설 속 설녀를 말하는 거야. 목숨을 구해준 남자에게 '이 일은 절대 남에게 말해서는 안 된다'고 협박해놓고 그 녀석 앞에 인간 여자의 모습으로 나타나 결혼하잖아. 그리고 행복한 가정을 꾸려놓고 무정하게 배반하지."

남편이 사랑하는 아내에게 "옛날에 이런 일이 있었어" 하고 털어놓자마자 설녀는 정체를 드러내며 "남에게 말해서는 안 된다고 했잖아!" 하고 격노하며 깜짝 놀란 남자를 버리고 떠난다. 미사오도 어렸을 때 그 이야기를 들었을 때 설녀 본인에게 말했을 뿐인데 그렇게 화낼 필요가 어디 있나 위화감을 느낀 기억이 있다.

"나도 너무하다고 생각해."

"잔혹하지. 설녀 그 여자, 남자가 이야기하길 주저하자 '무슨 일이에요?' 하고 재촉한다니까. 그럴 순 없는 거야. 악귀의 소행이야."

"인간이 아니잖아. 그녀는 우리하곤 다른 가치관으로 사는 존재야."

"그럴까요?"

갑자기 운전사가 대화에 끼어들었다. 두 사람은 얼굴을 마주 보았다.

"아니, 실례. 저는 말입니다, 설녀의 행동을 이해할 수 있을 것 같거든요."

"어머, 무슨 뜻인가요?"

미사오는 흥미를 느꼈다.

"복잡한 이유는 아닙니다. 요컨대 무슨 일이 있어도 약속은 약속. 소중히 해야 한다는 뜻 아니겠습니까? 비밀을 털어놓은 상대가 설녀 본인이었던 건 우연한 결과지요. 극한 상태에서 나눈 약속을 깼다는 사실은 지울 수가 없습니다. 함께 키운 아이까지 내팽개치고 떠난 건 너무 가혹하지만 뭐, 그건 지어낸 이야기니까요. 교훈 면에서는 옳다고 봐야죠. 아이고, 정말 죄송합니다. 손님 두 분이서 말씀 나누시는데 끼어들어 쓸데없는 소리를. 이게 나쁜 버릇이라니까요."

도쿄 토박이다운 명쾌한 태도가 시원스럽다. 미사오는 공감을 느꼈다.

"기사님 말씀이 맞을지도 몰라요. 그렇게 표면 그대로 받아들여야 할 이야기겠지요."

"하지만……." 게이야가 중얼거렸다. "역시 비정상이야."

"아이까지 두고 떠난 게?"

"아니. 인간으로 변신해 남자 앞에 나타난 게 부조리해. 상대가 약속을 지킬지 염려되어 그런 거겠지만. 설녀는 결혼해서 인생을 함께하며 감시한 거잖아? 그렇게까지 의심할 바에야 눈보라 속에서 죽이는 게 낫지 않아?"

"끔찍할 정도로 의심은 많지만 남자를 죽일 정도로 박정하진 않았나 보지."

"이해가 안 가. 애초에 그런 약속을 할 필요도 없잖아. 남자가 '설녀를 봤다'고 마을에서 떠들고 다녀도 환각을 본 거라며 거들떠보지도 않았을 가능성이 높아. 설녀의 행동은 논리적으로는 설명할 수 없어."

"인간의 상식으로는 알 수 없는 일도 있습니다."

또다시 끼어든 운전사의 목소리는 게이야와 대조적으로 활달했다. 위험한데. 미사오는 그렇게 생각했다. 피곤해서 그런지, 아니면 일이 밀려서 그런지, 게이야의 태도가 평소와 다르다. 설녀를 둘러싼 논쟁이 불거져 차 안 분위기가 험악해지면 곤란하다.

"원래 그런 이야기야. 그냥 이야기. 하지만 아카기 씨는 그렇기 때문에 연연해하는 거지? 기사님, 이 사람은 소설가거든요. 그래서 그냥 이야기로 넘길 수 없는 모양이에요."

"아아, 작가님이십니까. 어쩐지. 나라면 그렇게 쓰지 않겠다, 그런 거군요? 그런데 어떤 글을 쓰십니까?"

"환상적인 호러 소설이 많아요. 지난달 발표한 『성장의 기록』이라는 작품이 굉장히 평판이 좋아요."

"하아, 그러십니까. 저는 평소 소설을 읽지 않아 잘 모르지만 훌륭하시군요. 제 딸은 알 텐데. 그 녀석은 책만 읽거든요."

"'아카기 게이야 씨를 태웠다'고 따님께 말씀해보세요. 분명 알 거예요."

게이야는 아무 표정도 없었다. 『성장의 기록』이 화제에 오른 게 싫은 모양이라고 미사오는 생각했다. 하지만 어째서인지 전혀 짐작이 가지 않았다.

"소설가를 태우기는 처음이에요. 물론 모르고 태운 적도 있겠지만요. 방송국에 드나드는 방송 작가 중에는 단골손님이 계십니다. 소설가하고 방송 작가는 다르지요?"

"예, 달라요. 글을 쓴다는 건 똑같지만."

게이야가 부루퉁하게 입을 다물고 있어 미사오 혼자 운전사에게 대답했다.

"마감에 쫓기며 줄줄이 아이디어를 내서 글을 써야 하니 힘들겠어요. 그 방송 작가 선생님도 피곤하고 잠이 부족하면 항상 제게 이렇게 말합니다. '저기요, 뭐 재미있는 얘기 없어요?' 하루

종일 택시를 몰며 여러 사람들과 이야기하니 드라마나 콩트 소재가 될 법한 이야기를 듣지 않느냐, 가르쳐달라, 그러는 거죠. 하지만 그리 재미있는 일은 없습니다. 평범하기 그지없는 세상사 이야기나, 회사나 가정에 대한 불평이나, 그런 것들뿐이에요. 기대하셔도 들려드릴 만한 재미있는 소재가 없답니다."

차는 시나가와를 지나 이윽고 순환도로로 들어갔다. 대도시의 일루미네이션 속을 순조롭게 빠져나간다. 기나긴 불황이 이어지고 있지만 휘황하게 불이 켜진 사무실 창문 너머로 분주히 야근을 하는 회사원들이 보였다.

"게다가."

잠시 뜸을 들였다가 운전사가 이야기를 이어나갔다.

"재미있는 해프닝이나 드라마틱한 고백은 나불나불 떠들 수 있는 게 아닙니다. 이름도 모르는 지나가는 손님의 이야기라 해도 남에게 말하기 꺼려지는 일도 있어요. 저는 이래 봬도 신사니까요."

거울에 비친 입이 크게 벌어지더니, 운전사가 껄껄 웃었다. 그때 게이야가 "맞아"라고 예상치 못한 맞장구를 쳤다.

"맞는 말씀입니다. 지나가는 손님 이야기를 나불나불 떠드는 건 무례한 짓이죠. 기사님은 신사로군요."

"이것참, 인정해주시다니 고맙습니다."

그 말을 끝으로 게이야는 다시 입을 다물었다. 오늘밤의 그는 이상하다. 미사오는 의아했다.

◇◇◇

"오늘 좀 이상한 거 아니야?"

마르가리타 세 잔으로 취기가 돌 무렵, 미사오는 슬쩍 말해보았다. "그래?" 게이야의 반응은 둔했다.

"응. 확실히 이상해. 뭐 걱정거리 있지? 그것도 일 말고 다른 문제 같은데. 나라도 괜찮으면 이야기해봐."

"술 취하면 누나처럼 구는 건 문예 동아리 때랑 똑같네."

"내 장점이니 바꿀 필요도 없잖아. 뭐야, 혹시 이성 문제? 나도 남의 연애사에 대해 말할 때는 믿음직하다고."

"그런 건 그냥 오지랖이잖아. 다행인지 불행인지, 그런 훈훈한 문제는 없어."

담뱃갑에 손가락을 집어넣은 게이야는 아쉽다는 듯 한숨을 쉬었다. 같은 상표라 미사오는 자기 담배를 내밀었다.

가게 안은 시끌시끌했지만 카운터 끝에 앉은 두 사람에게는 거슬리는 잡음이 아니었다. 그곳만 비밀스러운 독립 공간이었다. 그녀는 이 느낌이 좋았다.

"말하기 싫으면 강요는 안 해. 난 오지랖이 넓지 않으니까. 하지만 누가 들어주는 것만으로도 마음이 가벼워지는 일도 있으니까."

"충분히 오지랖 넓다니까. 아까 그 택시 기사님을 본받아."

그는 두세 번 손가락을 튕겨 바텐더를 부르더니 버번 스트레이트를 주문했다.

"오, 멋진데. 동아리에 들어왔을 때는 맥주도 못 마셨으면서 하드보일드하게 변했네. 걸작을 썼다는 자신감이야?"

"걸작?"

"『성장의 기록』."

미사오는 시험하듯 그 제목을 말해보았다. 담배에 불을 붙이려던 그의 손이 흐트러졌다. 예상대로다.

"그 소설 얘기가 나올 때마다 이상하네. 그 작품에 뭔가 얽혀 있지?"

"없어, 딱히."

"거짓말. 분명히 있어."

"있을 리가 없어."

있을 리가 없다? 그건 부정하는 말이 아니라 부정하고 싶다는 의사의 표명이다.

"뭐가…… 있을 리 없다는 거야?"

게이야는 굳은 얼굴로 담배를 뻐끔거렸다. 우연히 생긴 고리 모양의 연기가 일렁거리며 천장까지 올라갔다.

"나 참, 너도 끈질기네. 그 소설이 저주받았을 리 없다, 그런 말이야."

저주라니 심상치 않다. 그런데 소설이 저주받았다니 무슨 뜻일까? 작품 스토리와 똑같은 비극, 참극이 실제로 일어난 것도 아닐 텐데. 『성장의 기록』에 나오는 건 사람과 비슷한 모습으로 태어났지만 사람은 아닌, 사악한 괴물이다. 그것을 작금의 자신감을 상실한 어른들이 두려워하는 소년범죄의 은유로 받아들인 평론가도 있지만, 그렇게 해석하더라도 현실이 선행하니 소설이 저주받았다고 생각하는 건 앞뒤가 맞지 않는다.

"책 판매가 평가를 따라가지 못해서 저주받았다거나…… 진지하게 말하고 있는데 미안해. 그럼 무슨 뜻이야?"

"써서는 안 됐어. 아니, 안 됐을지도 몰라. 나는 잘 모르겠어."

미사오도 담배를 물고 라이터를 찰칵 켰다.

"얘기해봐."

게이야는 버번을 한 모금 마시고 카운터에 팔꿈치를 얹더니 편집자를 보았다. 눈가가 불그스름했다.

"와쿠이 요지 씨 알지?"

주간지나 석간지에 항상 대여섯 코너를 연재하는 인기 에세이스트다. 나이는 게이야나 미사오보다 열두 살은 많다. 가벼운 주제부터 무거운 주제까지 능숙하게 다루는 호쾌한 에세이를 줄기차게 써댔는데 이 주 전부터 쉬고 있어, 업계에서는 행방불명이라는 소문도 돌고 있다.

"물론 알다마다. 우리하곤 분야가 달라서 만나본 적은 없지만."

"나는 몇 번 함께 술을 마신 적이 있어. 와쿠이 씨가 수제 메밀국수 뽑기에 빠져 있다는 에세이를 읽었거든. 나도 그 비슷한 걸 하고 있어서 문예 클럽 파티에서 그런 이야기를 했더니 죽이 맞아서."

"그 개성적인 사람하고 아카기 씨가 잘 맞다니 예상 밖인데, 취미가 같은 덕분일까? 그래서 와쿠이 씨가 왜?"

"실종 상태야."

"그렇다면서. 혹시 아카기 씨…… 그 문제로 뭔가 알고 있어?"

그는 안경 속 가느다란 눈을 부릅뜨고 고개를 끄덕였다.

"짐작 가는 바가 있어. 와쿠이 씨가 사라진 건 내가 『성장의 기록』을 썼기 때문인지도 몰라."

"무슨 소린지 모르겠어."

"잠깐 조용히 내 얘기를 들어봐."

미사오는 지퍼로 입을 잠그는 시늉을 했다.

"그 소설을 쓸 아이디어를 제공해준 건 와쿠이 씨였어. 아이디어의 싹 같은 걸 내게 주었지. 이월 말 정도였을까. 힐튼 호텔 로비에서 우연히 마주쳤는데 둘 다 한가해서 차를 마셨거든. 거기서 들은 이야기에 한껏 자극받아『성장의 기록』을 쓴 거야."

◇◇◇

인터넷 관련 주식과 경마로 공돈이 잔뜩 굴러들어왔다며 와쿠이 요지는 들떠 있었다. 이타가키 다이스케하고 똑같이 생긴 수염을 만지작거리며 평소보다 훨씬 많은 말을 하고, 많이 웃었다. 입버릇인 "인생이란 말이지"라는 표현이 자꾸 튀어나왔다.

"와쿠이 씨는 계속 잘나가시네요. 그 힘의 십분의 일만이라도 얻었으면 좋겠습니다."

게이야가 그 기세에 압도당하며 말하자 수염 난 에세이스트는 또다시 껄껄 웃었다.

"아카기 씨, 안타깝게도 힘이란 건 양도도 대여도 할 수 없는 거거든. 직접 머리를 굴리고 몸을 움직여서 만들어내는 거야. 그리고 아낌없이 써야지. 돈은 쓰면 줄지만 힘은 쓰면 쓸수록 늘어나 강해지거든. 그걸 이해하지 못하는 사람은 인생에서 성공의 과실을 놓치는 거야. 작가도 그렇잖아? 컴퓨터 화면하고 눈씨름을 하면서 어떤 명문을 써줄까, 하고 팔짱을 끼고 있으면 날이 저물어버려. 일단 써야지. 쓰고, 쓰고, 계속 써대는 인간만이 일류라 불리는 작가가 되는 거야. 틀린 말인가?"

"하아. 그럴지도 모르지만 저처럼 글 쓰는 게 느린 작가는 귀가 따갑네요."

와쿠이는 두 팔을 활짝 벌렸다.

"써야지. 작가도 에세이스트도 무조건 글을 써야 해. 원고지 눈을 빼곡히 메꾸면 내용은 알아서 따라와."

"내용이 알아서 따라온다고요? 저는 도저히 그런 경지에 못 이를 것 같습니다."

한숨을 푹 내쉬자 와쿠이의 말투가 바뀌었다. 나직하고 심각한 목소리로 "아카기 씨" 하고 불렀다.

"공허한 수필이나 써대면서 헛소리하는 녀석으로 보이기는 싫으니 조금 달리 말하지. 내용 없는 문장을 잔뜩 써보라고 부추기는 게 아니야. 그런 기세로 원고와 맞서라고 말하고 싶은 거지. 이래 봬도 나도 매일 노력하고 있어."

기분이 상한 모양이다. 게이야는 당황해서 물론 그렇게 보입니다만, 하고 대답했다.

와쿠이는 씨익 웃더니 재킷 주머니를 다 뒤져서 온갖 물건을 차례로 꺼냈다. 수첩, 커버를 씌운 문고본, 호텔 메모지, 구겨진 명함, 국숫집 젓가락 포장지, 신문 조각이 몇 장.

“나는 길고 짧은 글을 합해 일주일에 다섯 편은 제대로 된 문장을 써야 해. 그러니 아무리 쓸 이야기가 있어도 항상 소재가 모자라기 십상이라, 멈추면 끝이야. 깨어 있을 때는 늘 소재를 찾고 있지. 아니, 잘 때도 머리는 여전히 업무 모드로 ‘오오, 이건 초현실적이고 황당한 꿈이구나. 혼미한 정국을 풍자하는 칼럼 도입부에 쓸 수 있겠어’ 그런 생각을 하거든. 당신하고 떠들 때도 비열하게 소재가 될 만한 화제를 찾고 있고, 가까운 테이블에 앉은 부인이 재미있는 이야기를 하지 않을까 귀를 기울이기도 해. 그리고 이건 쓸 만하겠다 싶은 걸 찾아내면 언제 어디서든 바로 메모를 하지. 이걸로 밥벌이를 하니까 당연한 일이지만 제법 힘들거든.”

“아니, 그렇겠지요. 저처럼 느긋하고 태만한 사람은 도저히 못 할 겁니다.” 그렇게 달래며 물어보았다. “아아, 젓가락 포장지 여백에도 메모를 하셨군요. ‘모자를 잃어버린 할아버지’라니, 이건 뭡니까?”

와쿠이는 메모를 들여다보더니 고개를 갸웃거리다 이윽고 쾌활하게 웃었다.

“하하, 바로 어제 메모한 건데 잊어버렸네. 별로 재미있는 이야기가 아니었겠지. 이런 일은 흔해. 이래서야 잘난 척 떠들 수도 없겠어."

게이야도 덩달아 웃었다.

"아깝네요. 까맣게 잊어버린 소재일수록 사실은 좋은 재료라는 법칙이 있는데. ……이쪽 명함 뒤에도 이상한 게 적혀 있네요. '택시, 금붕어'."

와쿠이는 잎담배를 물며 "아아, 그거" 하고 차갑게 말했다.

"어떤 얘기인지 설명할 수 있어. 꽤 구미 당기는 소재인데, 사연이 있어서 쓸 수는 없는 이야기야."

"어떤 이야기입니까?"

에세이스트는 입을 오므려 잎담배를 빨더니 진지한 얼굴로 이야기를 시작했다.

"어제, 긴자에서 술을 마시고 돌아가는 길에 탄 택시에서 주워들은 거야. 운전사가 제법 특이한 이야기를 해줬거든. 어째서 그런 이야기가 나왔더라. 아아, 라디오에서 DJ가 초등학생 때의 씁쓸한 추억을 말했어. 자기가 사육 당번을 맡은 다음날 아침에 반에서 키우던 금붕어가 죄다 죽어 있는 걸 발견하고 견디기 힘들 정도로 책임감을 느꼈다는 이야기. 그래서 자연히 금붕어 얘기가 나왔을 거야. 수다스러운 운전사였어. 그러다 '금붕어라고 하니 저도 묘한 경험이 있습니다'라는 말을 꺼내더군."

"묘한 경험이라니요?"

이야깃거리가 될지도 모른다고 생각한 와쿠이는 만년필을 빼 들고 주머니를 뒤졌다. 방금 받은 호스티스의 명함이 들어 있었다. 이 뒤에 메모하면 되겠다.

"한때 금붕어를 길렀답니다. 딸이 반려동물을 키우고 싶다고 해서요. 동물을 싫어하는 아내가 개나 고양이는 절대 안 된다고 해서 그럼 금붕어나 키워볼까 그런 거지요. 딸은 기뻐했지만 금붕어는 키워봤자 아무 재미도 자극도 없어요. 그런데 어느 날 '아빠, 이리 와봐요' 하고 딸이 부르는 겁니다. '왜 그래' 하고 가봤더니 '이상한 게 떠 있어' 하고 수조 속을 가리키더군요. 희끄무레한 게 둥둥 떠다니길래 '먼지 아니야?'라고 말했더니 '나는 알 같아'라고 주장하는 거예요. 금붕어 알은 본 적이 없으니 저도 '아니, 아니야' 하고 단언할 수가 없었죠. 사육법을 읽어봐도 잘 모르겠더군요.

고개를 갸웃거리고 있는데 아내가 '우라와에 사는 낫짱에게 물어보면 되지'라는 겁니다. 낫짱은 초등학생 조카인데 반에서 금붕어 사육을 담당하고 있다더군요. 딸은 냉큼 전화를 했습니다. 그랬더니 '그건 알이야. 바로 어제 우리 반 금붕어도 알을 낳았어'라는 답을 들었어요. 친절하게 조언도 해주었지요. '그래도 알을 내버려두면 금붕어가 먹어버릴지도 모르니 다른 수조로 옮기는 게 나아' 하고요. 자기가 낳은 알을 먹어치우다니 짐승은 역시 천박하달까요."

"하하, 금붕어도 짐승이라고 하나요?"

그게 다인가 싶어 와쿠이는 실망스러웠다. 하지만 묘한 경험이라고 했으니 이제부터 뜻밖의 전개가 펼쳐질지도 모른다. 그는 엄지손가락으로 만년필 뚜껑을 열 준비를 하고 계속 들었다.

"딸은 새 수조를 사 와서 알처럼 보이는 걸 떠서 옮겼습니다. 먼지나 티끌이면 우습겠다 싶었는데, 어느 날 그게 부화한 겁니다. '아빠, 엄마, 빨리 와봐!' 딸이 부산을 떨었죠. 무슨 일인가 들여다봤더니 조그만 녀석들이 수조 안을 살랑살랑 헤엄치고 있더라고요. 바늘 끝만큼 작은 눈에 꼬리를 흔들면서요. 네? 숫자 말입니까? 백 마리도 훨씬 넘었지요. 딸은 바로 사촌언니에게 전화를 걸었습니다. 그러자 그쪽 금붕어도 마침 부화했다는 것 아니겠습니까? 기껏해야 금붕어가 부화한 것 가지고 어지간히 흥분하더군요. 아니, 기껏해야 금붕어가 아니었어요. 그게 또 어찌나 깜찍하던지.

손님, 금붕어 치어를 키워본 적 있습니까? 없다고요. 그러십니까. 아니, 정말 귀여워요. 저희 세 가족은 수조 앞에 철퍼덕 주저앉아 한 시간을 지켜봐도 질리지 않을 정도였습니다. 요즘 유행하는 말로 하면 힐링 효과라고 하나요? 저도 일을 마치고 돌아오면 수조부터 들여다보았을 정도입니다. 딸은 사촌언니와 빈번하게 전화로 상황을 주고받았어요. '눈동자가 커졌어' 어쩌고저쩌고. 아내가 '계속 이 크기면 좋을 텐데'라고 말했을 때 곤란한 문제를 깨달았지요. 숫자가 너무 많아 도저히 다 키울 수가 없는 겁니다. 그렇잖아요? 치어일 때 데려갈 사람을 찾지 않으면 큰일입니다.

그래서 아내가 이웃집을 찾아다녔어요. '새끼 금붕어가 많이 태어나서 나눠드리겠습니다' 하고요. 그랬더니 반응이 좋아서 아이들이 너도 나도 달라고 했지요. 어찌나 기쁘던지. 아내는 아이들에게 금붕어를 나눠주려고 펫숍에서 비닐봉투를 잔뜩 사들였어요. 그래도 많이 남겠다 싶었는데 동네 유치원 원장 선생님이 꼭 좀 나눠달라고 찾아왔지 뭡니까. 그렇게 보낼 곳이 다 정해졌지요. 앙증맞고 귀여울 때 보내는 게 좋겠다 싶어 이튿날 나눠주기로 했어요.

그날 밤이었습니다."

마침내 전개부로 들어갔다는 걸 눈치챈 와쿠이는 만년필 뚜껑을 열고 일단 "택시, 금붕어"라고 적었다.

"수조 속을 헤엄치는 녀석을 유심히 지켜보는데…… 이상한 겁니다."

운전사는 목소리를 낮추고 뜸을 들였다.

"어떻게 이상했습니까?"

"머리에…… 더듬이가 나 있는 겁니다."

오싹했다. 더듬이라는 말이 참을 수 없을 만큼 흉측하게 들렸다. 차창 밖을 흐르는 밤의 어둠이 싸늘하니 차갑게 느껴졌다.

"금붕어한테 그런 게 있을 리 없잖습니까? 저는 '어이, 이건 금붕어가 아니야. 어쩌면……' 하고 입을 열다가 뒷말을 이을 수 없었습니다. 바로 베니어판으로 뚜껑을 만들어 덮어버렸습니다. 다음날 아침, 쭈뼛쭈뼛 수조를 들여다보고 깜짝 놀랐습니다. 그 놈들, 다 죽어서 물 위에 둥둥 떠 있는 겁니다. 전멸이었어요."

"……뭐였습니까?"

와쿠이는 메모하는 것도 잊었다.

"모기였습니다. 거의 절반이 이미 모기의 모습으로 떠 있었습니다. 반나절만 늦게 깨달았다면 어찌되었을지, 상상만 해도 온몸이 근지럽지요?"

와쿠이는 말없이 고개를 끄덕이고 가만히 왼쪽 손등을 긁었다. 운전사는 담담하게 말을 이었다.

"조카 쪽은 금붕어가 맞았습니다. 전화 연락으로는 이야기가 통해서 저희도 설마 장구벌레를 키우고 있는 줄 몰랐던 거죠.

우스운 얘기입니다. 피해는 불필요한 수조를 산 정도로 끝났지만 이웃 아이들이나 원장 선생님께 다짐한 약속을 지키지 못하게 되어 미안했지요. 다들 수조를 사서 기다리고 있었으니까요. '그건 모기였습니다'라고 사실을 말하지도 못하고, 수질 조절에 실패해 다 죽어버렸다고 속였습니다. 괴로웠지요. 뭐라 말하기 어려운 경험입니다."

과연 묘한 경험이다. 감탄하며 메모하려던 순간 운전사가 "손님" 하고 불렀다.

"손님은 혹시 에세이스트 와쿠이 요지 씨 아닙니까?"

어라, 알고 있었나?

"예, 맞습니다."

"주간지에 자주 글을 쓰시지요. 사진하고 똑같아서 타셨을 때부터 그럴 것 같았습니다. 늘 재밌게 읽고 있습니다. 소재도 정말 풍부하고, 살짝 신랄한 것도 좋더군요."

진짜 애독자인 모양이다. 고맙다고 인사를 했다.

"지금 제 이야기, 어땠습니까?"

"굉장히 흥미로운 이야기였습니다. 기사님 화술도 훌륭했어요. 그나저나 예상치 못한 결말에 놀랐습니다. 굉장했습니다."

"고맙습니다. 값은 받지 않을 테니 안심하십시오."

운전사는 웃으려던 와쿠이에게 "대신……"이라고 말했다.

"어쩌다 보니 떠들어버렸지만 지금 한 이야기, 쓰지 말아주시겠습니까?"

에세이 소재로 삼지 말라는 뜻인 듯했다.

"이웃분들이 읽으면 난처하니 봐주십시오. 여기서만 들은 셈쳐주시지요."

특이하긴 했지만 꼭 써야 할 정도로 아쉬운 소재도 아니다. 와쿠이는 만년필과 명함을 주머니에 넣고 "알겠습니다"라고 대답했다.

"약속해주실 수 있습니까? 꼭입니다. 아이고, 마음이 놓이는군요."

룸 미러에 비친 운전사의 입가가 누그러졌다.

◇◇◇

와쿠이의 이야기를 듣자마자 게이야는 물었다.

"그래서 와쿠이 씨는 약속한 대로 쓰지 않기로 한 겁니까?"

"그래. 글을 써도 상대가 못 볼지도 모르고 '젠장, 그 거짓말쟁이 녀석'이라고 생각해도 다시 만날 일은 없겠지만 일단 약속을 했으니까. 양심에 따라 버리기로 했지."

"만약…… 제가 빌려 쓰면 어떻게 될까요? 에세이 소재가 아니라 그 에피소드를 소설에 유용한다면."

와쿠이는 어깨를 움츠렸다.

"장구벌레를 금붕어 새끼로 착각했다는 에피소드가 소설이 돼? 아카기 씨도 별난 작가야. 음, 그건 상관없을 것 같은데…… 어라, 꽤나 기쁜 얼굴이네."

실실 웃고 있었던 모양이다. 새 소설의 아이디어가 번득일 때, 게이야는 늘 헤실거린다. 와쿠이의 이야기가 결말에 다다를 무렵부터 게이야의 머릿속에는 장편의 골자가 빠르게 조립되고 있었던 것이다. 최고의 소설로 완성할 수 있을지도 모른다.

"맘대로 써. 당신은 '쓰지 않겠다'고 약속하지 않았으니까. 나는 나대로 약속을 지킬 거야."

"고맙습니다."

게이야는 테이블을 붙잡고 와쿠이에게 고개를 숙였다.

◇◇◇

미사오는 기가 막혔다. 겨우 그런 이야기에서 그 걸작을 써낸 건가? 대단한 실력이다. 아카기 게이야의 창작력을 새삼스럽게 재평가했다.

『성장의 기록』은 쇼핑센터 주차장 한구석에서 갓난아이를 주운 부부의 이야기다. 외동아들을 잃고 비탄에 빠져 있던 부부는 그러면 안 된다는 걸 알면서도 그 아이를 집으로 데려와 친자식으로 키우기로 한다. 하지만 이윽고 성장한 아이는 이상한 언동을 반복하게 되고, 부부는 버려져 있던 갓난아이가 인간이 아니었다는 사실을 깨닫는다. 그 프로세스는 공포로 가득차 있었다. 어느 전국지에 실린 서평에서는 저명한 문예평론가가 "아카기 게이야는 이 소설로 아이들에 대해 현대의 성인들이 품는 불안과 전율을 가차없이 도려내, 피가 뚝뚝 떨어지는 그것을 그릇에 담아냈다"고 평가했다.

"그러고 보니 금붕어 치어인 줄 알았는데 장구벌레였다는 에피소드가 소설 중간쯤에 있었지. 으스스하면서 딱 들어맞는다 싶었는데 그건 실화였구나."

"그 부분만. 누군지 모를 그 운전사한테는 미안했지만 왠지 포기하기 힘들어서."

"아카기 씨는 그 운전사하고 얼굴도 마주친 적 없잖아. 출생의 비밀이나 범죄를 폭로한 것도 아니고, 신경쓸 거 없어."

"그럴까?"

게이야는 어린애처럼 엄지손톱을 깨물었다. 어째서 그렇게까지 예민하게 구는지 미사오는 이해할 수 없었다.

"어쩌면 와쿠이 씨 목소리를 마지막으로 들은 게 나일지도 몰라."

"마지막 목소리라니…… 언제?"

"이 주 전. 와쿠이 씨가 사라지기 전날이야. 밤 11시쯤 전화가 왔어. 휴대전화였는지 짧은 통화 사이에 몇 번 음량이 줄어들거나 잡음이 섞이곤 했어. 나는 '아카기입니다'라는 한마디밖에 안 했고 나머지는 와쿠이 씨가 일방적으로 쏟아냈어. '아아, 아카기 씨? 당신 소설을 읽고'라고 말한 다음 부분은 알아들을 수 없었는데 바로 다시 음량이 커졌어. '내가 쓴 거나 다름없다는 거야. 하지만 내가 쓴 게 아니잖아?' 나야 영문을 모르지. '무슨 말씀이십니까?' 하고 되물었더니 뚝 끊겼어. 끊기기 직전에 부스럭거리는 소리가 났어. 마치 누군가가 와쿠이 씨에게서 전화를 낚아챈 것처럼. 그다음이야, 와쿠이 씨의 모습이 이 세상에서 사라진 건."

"자, 잠깐." 미사오는 억지로 웃었다. "이 세상에서 사라졌다는 건 과장된 표현이야. 와쿠이 씨가 우주인한테 잡혀가기라도 했단 말이야? 설마. 그냥 일이 너무 바빠서 한동안 피신하고 싶었던 건지도 모르잖아."

"한창 물이 오른 그 아저씨가 그런 짓을 할 리 없어. 단순히 지친 거라면 연극적으로 당당하게 휴양 선언을 했을 거야. 실종이 아니야. 친하게 지냈던 편집자에게 들은 바로는 체크카드나 신용카드 같은 건 집에 그대로 있다는 거야. 물론 경찰에 이미 수색원을 냈어."

"그런 것치고는 세상이 잠잠하네. 인기 에세이스트의 미스터리한 실종인데."

"와쿠이 씨는 언론 각 방면에 인맥이 있었으니까. 여러 사람들이 막고 있는 건지도 몰라. 하지만 벌써 이 주나 지났으니 슬슬 와쿠이 씨하고 인연이 없던 출판사가 자극적으로 스캔들을 써댈 거야."

필터만 남은 미사오의 담배에서 재가 테이블로 톡 떨어졌다. 뭐라 대답해야 할지 모르겠다. 와쿠이보다 게이야의 정신이 걱정되었다.

"당신이 와쿠이 씨를 걱정하는 마음은 이해하지만 『성장의 기록』과 그가 사라진 건 아무 관계도 없어. 상식적으로 생각해봐. 어른이 모습을 감춘다면 대개 돈이나 이성 문제 때문이잖아. 그건 그것대로 위험하고 큰일이지만 아카기 씨가 책임을 느끼고 안달할 필요는 없어."

"역시 이해 못 하는구나."

미사오는 그 토라진 말투가 몹시 짜증스러웠다. 그녀도 심신이 지쳐 있었던 것이다. 이런 엉터리 이야기를 언제까지 들어줘야 하나 화가 났다.

"그래, 이해 못 하겠어. 그렇게 고민할 정도면 냉큼 경찰에 찾아가 말하고 오지그래? 범죄자에게 납치됐을지도 모를 사람의 마지막 전화를 받았잖아. 사건 해결에 중요한 단서가 될지도 몰라."

"경찰이 진지하게 들어줄 것 같아?"

그녀는 얼굴에 묻은 물방울을 털듯이 힘차게 고개를 저었다.

"아니."

"시간을 빼앗아서 미안해."

작가는 계산서를 쥐고 일어났다.

◇◇◇

미사오는 그럴 수 없다고 항의했지만 게이야는 그녀의 몫까지 계산하고 빠른 걸음으로 가게에서 나왔다. 택시 에어컨 바람 때문에 감기에 걸렸는지 머리가 지끈거렸다. 한시라도 빨리 집으로 돌아가 자고 싶었다.

"아카기 씨는 지친 거야. 온천에라도 가서 쉬다 오는 게 어때?"

걱정스러운 얼굴로 쫓아온 친구는 다정하게 그런 충고를 해주었다. 온천을 즐기는 취미는 없지만 "그럴까" 하고 미소를 지으며 대꾸하자 그녀는 조금 안도하는 눈치였다.

오우메 가도까지 나와서 신호 앞에서 걸음을 멈췄다.

"와쿠이 씨가 걱정되면 나도 아는 편집자에게 정보를 모아볼게. 뭔가 알게 되면 연락할게."

미사오는 친절했다. 고마운 일이다.

"고마워. 난 말도 안 되게 기묘한 착각을 하고 있는 건지도 몰라."

"작가의 직업병일지도."

그런 말을 들으니 마음이 조금 가벼워졌다. 그럴지도 모른다. 노심초사하는 게 작가의 직업병이라면 "쓰지 말아주시겠습니까?"라는 말을 듣고 맺은 약속을 그만 어기고 만 것 또한 병이다.

두통이 잦아들었다.

"어머." 그녀는 게이야의 어깨를 두드렸다. "저기 빈 차가 한 대 있네. 저 택시를 타면 되겠다. 난 신호를 건너서 반대편에서 탈게."

"그럼 먼저 실례할까. 조심히 가."

"푹 쉬어."

미사오에게 손을 흔들어 답하고 그는 신호 옆에 서 있던 택시에 올라탔다. 이 차도 냉방이 너무 강해서 짜증스러운 심정으로 "사쿠라조스이까지"라고 말했다. 운전사는 아무 대답도 하지 않고 문을 닫더니 바로 출발했다. 뒤를 돌아보니 미사오가 포장도로에 서서 차를 배웅하고 있었다.

"이번에는 손님 혼자시군요."

"예, 혼자인데……."

귀에 익은 목소리가 말했다. 게이야는 깜짝 놀라 정면을 돌아보았다.

"혹시…… 아까 공항에서 태워주신 기사님이십니까?"

백발을 향해 묻자 룸 미러 속 미끈한 입가에 어딘가 사악한 미소가 떠올랐다.

"약속은 약속이다."

◇◇◇

차는 갑자기 속도를 내더니 타이어를 긁으며 우회전했다.

어라, 방향이 달라…….

이유 모를 불안감이 불현듯 미사오를 덮쳤다.

꿈 이야기

'들려요?'

'가지카자와 씨, 들립니까?'

'눈을 뜨세요. 이대로는 위험합니다.'

'아아, 큰일났어.'

'각성 의식이 클로소이드 곡선을 그리며 자꾸 내려갑니다. 이대로는 돌아오지 못합니다.'

'뭐라고!'

'일반적으론 일어날 수 없는 일이야. 실수는 없었는데.'

'어떻게 할 수 없습니까, 선생님?'

'후미오, 들려? 내 목소리가 들리면 돌아와. 후미오!'

초원 한복판.

고개를 들자 하늘이 짙푸르다.

그렇게 구름 한 점 없는 하늘 한쪽에서 목소리가 들렸다. 이상한 목소리다. 마치 하늘에 떠 있는 라디오가 떠들어대는 것 같다. 분위기가 절박해서 잘 들린다고 대답하고 싶었지만 목소리가 나오지 않았다. 미안하기는 했지만 그는 지극히 냉정했다. 이렇게 기분 좋은 푸른 하늘 아래서 편안하게 있는데, 저 사람들은 왜 난리일까? 이름을 부르는 건 누나다. 친한 담당 편집자의 목소리도 섞여 있다. 실수는 없었다고 스스로에게 말하고 있는 '선생님'은…… 의사다. 딱 보기에도 자기 관리는 전혀 하지 않는 뚱뚱한 초로의 의사. 무슨 의사였더라?

누나, 편집자, 의사가 침통한 목소리로 그를 데려오려 하고 있다. 그는 임종의 자리에 있는 걸까? 아니다. 그는 부정했다. 그런 기억은 없다. 기억나는 건 그저, 그렇다, 드림박스에 들어갔다. 정식 명칭은 잊어버렸다. 다들 드림박스라고 부르는 의료 기계.

'입술이 움직였어. 뭔가 말하려는 거예요.'

'반사 반응일 겁니다. 본인의 의식은 완전히 꿈속에 있습니다.'

'깊은 곳에 있나요?'

'그게, 레벨 측정이 불가능합니다. 이런 사태는 극히 드물어서

저희 센터 개원 이래로 처음 있는 일입니다. 해외에서도 보고된 사례는 두세 번밖에 없습니다.'

'알 수 없는 소리는 그만하고 가지카자와 씨를 빨리 깨워요.'

'이 이상 전기 자극을 가하면 뇌간이 치명적 손상을 입습니다. 지금은 추이를 지켜보는 수밖에 없습니다.'

'하지만, 그럼 내버려두면 후미오는 현실로 돌아오지 못할지도 모르잖아요. 그럼 어떻게 되는 거죠? 죽는 건가요?'

'뇌간망상체가 데미지를 입어도 거기서 멈추면 생명 유지 기능은 확보됩니다. 다만…… 언제까지고 혼수상태가 지속됩니다.'

'그런 말도 안 되는!'

누군가가 음량 조절 단추를 돌린 것처럼 목소리가 스윽 멀어졌다. 조용해졌다. 그는 하늘의 창문이 닫혔다고 생각했다.

초원에 바람이 불었다. 여자의 긴 머리카락 같은 수풀이 부드럽게 휘어 일제히 한 방향을 가리켰다. 손으로 빛을 가리고 쳐다보니 저편에 신기루처럼 아련한 도시가 보였다. 희끄무레한 도시다.

가볼까?

그는 걸어갔다. 완만하게 파도치는 초원의 복판을. 도시를 향해 천천히. 차츰 빠른 걸음으로. 그곳에 무엇이 기다리고 있는지 모른다는 사실에 불안감은 없고, 가슴에는 어렴풋한 기대만 있었다.

그후로 긴 시간이 흘렀다.

그후로 하늘의 창문은 열리지 않았다.

◇◇◇

집회소는 찬물을 끼얹은 것처럼 고요했고 청중은 마른침을 삼키고 이어질 이야기를 기다렸다. 그런 무서우리만치 강렬한 긴장감을 한몸에 받으며, 그는 다시 몇 초의 뜸을 들였다. 이 부분의 호흡은 완벽하게 파악하고 있었다. 이윽고 천천히 입을 열었다.

"'……그렇다면 자네는 어머니가 배 아파 낳은 생명이 아니라는 말인가?' 마르헤가 격렬하게 동요하는 모습을 기이하게 생각하며 시르헤는 번득거리는 검을 쥐고 다가갔다. '그래, 맞다. 나는 달이 차길 기다리지 못하고 어머니의 배를 가르고 바로 세상에 태어난 몸이다. 그걸 알았다고 무엇을 겁내는가, 두 손을 피로 물들인 저주받은 왕이여'. 마르헤는 명운이 다했음을 알고 가련한 자신의 처지에 희미하게 웃었다. 여인이 낳은 자들 중에는 적이 없다고 예언한 마녀의 말이 가진 참뜻을 마침내 알게 된 것이다. '그렇다면 여기가 끝이로구나. 불길한 노파들의 예언대로 바루의 숲이 우리 성으로 걸어오는 것을 목격했을 때부터 알았던 일이다. 하늘이 나를 돕지 않는구나. 자, 찔러라. 그 검날을 내 피로 적셔라. 잔인하고 교만하며 우매하고 둔한 이 마르헤 왕의 최후를 똑똑히 전하여라.' 시르헤가 답하길 '말 잘했다. 나락에서 여왕이 기다릴 것이다.' 높이 쳐든 검이 달빛에 번득이는 것을 마르헤의 탁한 두 눈은 보았을까? 그건 알 수 없다. 세 마녀에게 속아 사악한 마음을 품고 광기에 미친 피투성이 왕은 여기에 쓰러졌도다."

이야기가 끝났음을 알리려고 늘 그러듯 고개를 깊이 떨구었다. 홍분과 감동에 겨워 넋이 빠져 있던 청중은 그 동작을 보고 현실로 돌아와 환호성과 함께 손뼉을 쳤다. 우레 같은 박수가 소나기처럼 그에게 쏟아지고, 천장 돔에 메아리쳤다. 잠시 후 그가 고개를 들자 박수는 한층 커졌다.

"훌륭해. 오늘밤 이야기도 훌륭했어!"

"훌륭하다, 훌륭해!"

"훌륭해, 후미오는 훌륭해!"

그는 두 손을 들어 답했다. 고맙소, 고맙소. 좀처럼 그칠 줄 모르는 박수에 한껏 손을 흔들어준 뒤 천천히 무대 오른편으로 물러났다. 무대 옆에서는 진홍색 띠를 두른 에르헤가 두 팔을 벌리고 기다리고 있었다. 하얀 판초 소매를 펄럭이며 두 사람은 가볍게 포옹했다.

"훌륭했어, 후미오. 감격했어. 오늘밤도 처음 들어보는 이야기야."

"괜찮았어?"

"괜찮았냐고?" 에르헤가 발그레한 뺨으로 되물었다. "당연하지! 훌륭하다고 했잖아. 마녀의 꾐에 넘어가 왕이 되기 위해 차례로 사람들을 죽이다니, 참 무서운 얘기도 다 있다고 생각하면서 들었는데 금방 푹 빠져들었어. 굉장한 박력이었어. 사람이 사악한 야망에 사로잡히면 어떻게 되는지 실감했어. 굉장히 교훈적이었어."

교훈적이라는 말을 듣고 그가 쓴웃음을 짓자 에르헤는 황급히 덧붙였다.

"교훈적이기도 했다는 거야. 후미오의 이야기는 언제나 전율이 올 정도로 격렬한 감정을 불러일으켜. 진실이 담겨 있으니까. 진실을 아는 기쁨. 그리고 정말 정말 재미있어. 중요한 부분이니까 효과를 고려해 차분히 이야기한다는 걸 알아도 빨리 그다음을 알고 싶어서 애타는 장면이 몇 번 있었어. 분명 청중들도 모두 같은 마음으로 듣고 있었을 거야. 어쨌거나 당신은 훌륭해.

훌륭한 이야기꾼이야."

선 채로 그런 대화를 나누고 있는데 옆에서 누가 불렀다. 집회소 관리관이자 에르헤의 큰아버지이기도 한 라르소다.

"훌륭했네, 후미오. 크게 감동했어. 바루의 숲이 움직이는 장면에서는 내 심장이 뛰는 소리가 들릴 정도였어. 오늘밤 이야기도 후세에 남을 걸작이 되겠지. 자네야말로 신이 지상에 보내신 이야기의 천사야. 전부터 알고 있는 사실인데도 아직도 믿기 어려울 때가 있어. 어느 이야기나 너무나 훌륭해서 말이야."

관리관은 그렇지 않아도 가느다란 눈을 실처럼 가늘게 떴다. 그의 뒤에서는 다른 집회소 관계자들이 한데 모여 고개를 끄덕거리고 있었다.

"어리석은 질문인 줄 알면서도 그만 묻고 싶어진다니까. 대체 어떻게 하면 그렇게 훌륭한 이야기를 만들 수 있지? 그것도 수도 없이."

"과찬이십니다, 관리관." 그는 황송한 척했다. "저는 그저 머릿속에 떠오른 이야기를 익살스럽게 말할 뿐입니다. 내일의 풍향을 맞히는 재능을 가졌거나, 그릇에 멋진 그림을 그리는 재주를 가진 분이 계신 것과 마찬가지입니다."

관리관 뒤에서 "겸손하네", "그건 다르지" 하는 목소리가 날아들었다. 다들 싱글벙글 웃고 있다.

"아무렴 다르지, 후미오. 이 세상에는 다양한 재주를 가진 사람들이 있어. 아름다운 노래로 사람들을 홀리는 자도 있고, 소교배에 있어서 으뜸가는 자도 있고, 그야말로 다양한 재능이 있지. 하지만 자네 능력은 완전히 달라. 어쨌거나 이야기를 창조할 수 있잖나. 지어낸 이야기로 사람들 마음을 움직일 수 있다니 누가 상상이나 했겠나?"

"당신은 우리 모두의 보물이야."

에르헤가 촉촉한 검은 눈동자로 바라보자 가슴이 뛰었다. 그가 이야기하는 거짓말보다 순수한 이 눈동자가 만 배는 더 귀하다.

"아아, 이런 곳에서 언제까지고 서 있으면 뭐해. 후미오는 열과 성의를 다해 이야기를 해서 녹초가 되었을 것 아니야. 대기실에서 쉬게. 평소처럼 시원한 흑포도주를 준비해뒀어."

관리관이 등을 떠밀자 그는 손을 잡아당기는 에르헤를 따라 대기실로 향했다. 주위 사람들은 박수로 배웅해주었다. 뿌듯한 마음이 샘솟았다. 사람들에게 이렇게나 감사와 존경을 받고도 태연하기는 어려웠다. 꺼림칙한 기분은 가슴 깊이 묻어버리고 자기가 가치 있는 존재라고 믿으려 했다.

바닥도, 벽도, 천장도, 모든 것이 순백색이다. 과거에는 눈이 부셔 따끔따끔할 때도 있었지만 이미 익숙해졌다. 이 나라는 모든 것이 새하얗다. 광택이 있고 단단한 흰색 바위가 무진장 나오기 때문에 거리로 나가면 건물도 바닥도 하얗게 빛나고, 오가는 사람들의 의복도, 그 속성을 나타내는 색색의 띠 외에는 모든 것이 흰색을 기본으로 한다. 흰색, 흰색, 흰색.

하지만 돌이나 천보다도 사람들의 마음이야말로 눈처럼 하얗고 무구했다. 그들은 극기심과 공덕심으로 가득했고, 아주 드문 예외를 제외하면 다툼을 좋아하지 않는 평화주의자로 박애 정신으로 살고 있었다. 왕의 전횡에 사람들이 고통받고, 전란으로 많은 마을이 불타버린 시절도 있었다지만 그것은 전승이 될 정도로 오래전 일. 지금은 자유와 평등이 실현된 낙원으로, 사람들은 평화롭게 살고 있다. 모두 다정하다. 가슴에 손을 얹고 생각할 때, 후미오는 완고한 자기애와 시기로 뒤덮인 자신의 추한 마음이 부끄러웠던 적도 적지 않았다.

대기실로 들어가자 석조 테이블 위에 비단이 덮여 있고 흑포도주병과 잔이 놓여 있었다. 그가 자리에 앉자마자 관리관이 재빨리 병마개를 열었다.

"자, 우선 이걸로 목을 축이게나. 삼백 명이나 되는 청중을 흠뻑 홀렸으니 이번에는 자네가 맛있는 술에 취할 차례야. 아니, 에르헤, 왜 원망스러운 표정으로 보느냐. 아하, 네가 이 영웅에게 포도주를 따라주고 싶었구나. 그러면 그렇다고 빨리 말을 하지."

에르헤는 토라진 척했다.

"라르소 큰아버지는 심술쟁이에요. 아시면 처음부터 제게 병을 건네주면 될 텐데."

"너야말로 젊은 아가씨가 움직임이 굼떠. 자, 네게 주마. 받았지? 네가 따라주렴."

바닥이 깊은 잔에 술이 찰랑찰랑하게 담겼다. 건배 습관이 없는 나라고 다른 잔도 없어서 그는 혼자 그것을 마셨다. 물처럼 술술 넘어가는 술이었다. 에르헤가 새로 따라주는 사이 가죽 표지로 된 공책을 옆구리에 낀 서기 오르스가 들어왔다. 스물여덟 살. 후미오와 동갑내기 독신 서기로, 하는 일에 어울리지 않게 전사처럼 체격이 탄탄하다.

"훌륭했어, 후미오. 기록하는데 펜 끝이 흥분으로 떨릴 정도였어. 정리하는 데 일주일 정도 주면 고맙겠는데. 오늘밤 집회소에 오지 못한 불행한 사람들을 구해주기 위해 차분히 꼼꼼하게 정리하고 싶어. 부탁해."

굵직한 목소리로 애원한다. 후미오는 반대할 이유가 없었다.

"이해해줘서 고마워. 분명 후세에 전할 책이 될 거야. 물론 완성 단계에서 자네 감수를 받아야지. 그나저나 제목은 '마르헤 왕'으로 괜찮은가?"

"서 있지 말고 빈 의자에 앉지그래. 응, 상관없어. 뭔가 대안이 떠올랐어?"

오르스는 의자를 삐걱거리며 대각선 맞은편에 앉았다.

"아니. 그저 자네가 클라이맥스 부근에서 주인공을 두 번 정도 '마베스'였나 '맥베스'라고 잘못 부른 게 마음에 걸려서. 희한한 이름이지만 고대 이야기의 등장인물 이름에 어울리는 것 같아서. '맥베스 왕'이나 '맥베스'라는 제목도 나쁘지 않아. 이상한가?"

후미오가 대답을 망설이고 있자 관리관과 조카가 찬반 논쟁을 벌이기 시작했다. 라르소는 '마르헤 왕' 그대로 괜찮다고 했고 에르헤는 '맥베스'를 지지했다.

"'맥베스'면 무슨 뜻인지 모르잖아. 너희 젊은 것들은 의미 없이 신기한 소리를 좋아하는데, 냉정하게 생각하는 게 좋아."

"언어는 의미뿐만 아니라 소리도 중요해요. 게다가 후미오의 이야기에 신기한 이름의 인물이 등장하는 건 늘 있는 일이잖아요. 어부 다로나 강아지 포치나."

백부와 조카의 논쟁은 뜨겁게 달아올랐다.

"그건 아이들을 즐겁게 해주려는 이야기니 괜찮아. 현실과 이야기가 구분되도록 일부러 가공으로 지어낸 이름이 어울려. 후미오의 깊은 뜻을 이해하지 못하는 거냐."

"가공이 어떤 건지는 아이들도 잘 안다니까요. 가공의 이야기인 줄 알면서 즐기고 있어요. 오히려 어른들이야말로 가공의 이야기를 대하는 태도가 여전히 어색한 것 아니에요?"

문가에서 소리가 났다. 복도에서 누군가 한숨 섞인 독백을 흘렸다.

"가공, 가공. 아아, 이 얼마나 매력적인 울림인가. 그것도 후미오가 가르쳐준 말이라는 사실을 잊어서는 안 돼."

"어이, 누구야!" 관리관이 다그치자 서기가 재빨리 일어서서 미닫이문을 열었다. 이제 갓 면도를 배운 듯한 소년이 심각한 표정으로 서 있었다.

"낯선 얼굴인데. 너는 누구냐, 어째서 여기에 있지?"

오르스가 허리춤에 두 손을 짚고 우뚝 막아섰다. 소년은 "하루토라고 합니다"라며 이름을 밝혔다.

"멋대로 이런 곳까지 찾아온 무례를 용서해주십시오. 저는 후미오의 멋진 이야기에 심취한 자입니다. 삼 년 전, 열한 살 때 처음 이 집회소에서 〈왕녀의 휴일〉을 듣고 후미오의 감미로운 이야기에 감동한 뒤로 지금까지 포로가 되었습니다. 아니, 달콤하고 아름다운 이야기에만 끌린 게 아닙니다. 메르헤 선장과 하얀 고래의 박력 넘치는 이야기나, 도적으로부터 농민들의 마을을 지키는 일곱 전사들의 이야기, 그 모든 것이 훌륭해서 무릎을

꿇고 싶은 기분입니다. 가공은 제 귓가에 진실을 속삭여주었습니다."

관리관은 불쾌한 기색으로 잠자코 듣고 있었다. 하루토 소년은 말을 이었다.

"이윽고 저는 후미오의 이야기를 음미하는 데 그치지 않고 직접 그런 훌륭한 가공을 만들어내길 바라게 되었습니다. 후미오의 천분의 일, 만분의 일이라도 좋으니 훌륭한 이야기를 만들고 싶다. 그런 마음으로 지혜를 짜내보았지만 아무래도 마음대로 되지 않았습니다. 어디서부터 시작해야 할지 감도 못 잡겠습니다."

"당연하지." 관리관의 코웃음에도 아랑곳없이 소년은 후미오를 바라보며 호소했다.

"그래서 부탁드립니다. 부디 제게 이야기를 만드는 법을 전수해주십시오. 이야기의 신이여. 어찌하면 당신처럼 될 수 있는지 인도해주십시오."

관리관은 다시 코웃음을 쳤고 서기는 어깨를 들썩이며 웃었다. 에르헤는 기가 막힌다는 듯이 입을 오므리고 있다. 후미오만 아무 표정도 없었다. 불편한 마음이 치밀어 세 잔째 포도주를 단숨에 들이켰다.

"꼬마야. 넌 대담한 녀석이구나. 어렸을 때는 어찌하면 하늘을 날 수 있을지 종달새에게 물었겠지. 농담은 그쯤만 해라. 오늘밤 이야기에 지쳐 쉬고 있는 후미오에게 무례하게 굴었다는 걸 안다면 정중히 사과하고 냉큼 물러나."

오르스가 소년의 뒤로 돌아가 비웃듯 등을 툭툭 두드렸다. 장난스러운 말투였지만 눈은 이미 웃고 있지 않았다. 소년은 서기를 무시했다.

"부디, 부디. 저를 제자로 삼아주십시오. 제자라는 건 기술자들이 쓰는 말이니 어울리지 않을지도 모르지만 달리 표현할 말이 떠오르지 않습니다. 부디 저를 당신의 제자로……."

"건방진 녀석. 쫓겨나고 싶으냐!"

혈기왕성한 오르스가 소년의 목덜미를 붙잡아 강제로 일으켜 세웠다. 끈으로 묶은 신발 바닥이 허공에 떴다. 에르헤가 황급히 말렸지만 하루토는 조금도 겁먹지 않았다. 이 정도 일은 각오한 바라고, 어중간한 마음으로 찾아온 게 아니라고 당당하게 말하는 것 아닌가? 후미오는 정수리에 송곳으로 찌르는 듯한 통증을 느꼈다.

"왜 그래, 후미오. 안색이 나쁘구나."

"어머, 정말. 괜찮아?"

라르소와 에르헤가 걱정해주었다. 오르스는 노기 어린 목소리로 까치발을 든 소년을 거칠게 흔들었다.

“네가 시시한 소리를 떠들어대니 그렇지. 냉큼 후미오에게 사과하고 꺼져.”

“난 당신하고 이야기하는 게 아니야. 후미오에게 부탁하는 거지. 나는 이야기꾼이 되고 싶어. 당신은 몇 년이나 서기로 일하며 이야기를 기록하고 있으면서 후미오처럼 되고 싶지 않습니까? 이야기를 직접 만들어보고 싶다는 생각은…….”

“미숙한 자의 만용이로군. 그런 불손한 생각은 한 적도 없다. 이야기꾼은 한 명으로 족해.”

“그러라는 법이 있습니까? 이야기는 모든 사람들의 마음을 녹여요. 그렇다면 누가 만들어도 상관없을 겁니다.”

“나불거리는 입에서 이야기가 태어난다면 네게도 가망이 있었겠지. 하지만 현실은 그렇지 않아. 제 발로 돌아가지 못하겠다면 내가 도와주마.”

서기는 소년을 방밖으로 질질 끌어냈다.

“제발 부탁입니다!” 그렇게 외치는 소리가 점점 멀어져갔다. 작아지는 목소리에 반비례해서 후미오의 두통은 점점 심해졌다. 그는 팔꿈치로 잔을 치면서 테이블 위에 쓰러졌다.

“후미오, 후미오! 정신 차려!”

의연한 에르헤가 창백하게 질린 모습을 보며 후미오는 자기 꼴이 어지간히 심한 모양이라고 생각했다. 의식이 훌쩍 멀어졌다. 달려오는 에르헤에게 손을 뻗으려고 상체를 튼 순간, 균형이 무너졌다. 의자가 크게 기울면서 바닥으로 굴러 떨어져, 하얀 천장과 벽이 요란하게 한 바퀴 회전하더니…….

눈앞이 깜깜해졌다.

몇 가지 꿈을 꾸었다.

어째서 꿈나라에 사로잡힌 그가 그 안에서 또 꿈을 꾸는지, 이해가 가지 않았다.

그래도 꿈을 꾸었다.

정신을 차리고 보니 침대에서 자고 있었다. 에르헤의 얼굴이 바로 옆에 있었다.

"정신없이 자더라."

창에서 햇살이 쏟아지고 있었다. 그 각도로 보건대 이미 오전도 끝나가고 있을지 모른다. 어젯밤에 쓰러진 게 9시쯤이었으니 열두 시간 넘게 쿨쿨 잠들었던 모양이다. 두통은 말끔히 사라졌다.

"어때?"

그녀는 타들어가는 마음으로 밤새 곁을 지켰던 모양이다. 그것에 감사했다.

"고마워. 아주 좋아. 술을 벌컥벌컥 마셨던 게 문제였는지도 모르겠어."

"피곤한데 그 남자애가 뛰어들어서 그런 건……."

"그 애는 상관없어. 재미있는 소리를 한다 싶었을 뿐이야."

몸을 일으키며 강하게 부정하자 에르헤는 뜻밖이라는 듯이 말했다.

"하지만 불쾌해했잖아?"

"전혀. 그의 생각은 굉장히 자연스러운 일이야. 그런 말을 하는 사람이 지금까지 없었던 게 더 이상해. 오르스도 내 이야기를 기록하는 것보다 더 큰 일을 할 수 있어. 오르스처럼 유능하고 적극적인 사람이 어째서 직접 이야기를 만들지 않을까? 넌 이상하지 않아?"

서늘하니 차가운 손이 이마에 닿았다. 다시 두통이 찾아왔다고 여긴 모양이다.

"왜 갑자기 그런 새로운 말을 해? 당황스럽잖아. 기묘한 꿈이라도 꿨어?"

'꿈'이라는 말에 그는 움찔했다.

꿈이라는 말을 그녀가 입에 담는 것 자체가 기묘했다. 그가 꿈나라의 주민이라는 건 상상도 못 하리라. 그는 진실을 털어놓고 싶은 유혹에 휩싸였다. 너는 내가 꾸고 있는 꿈의 일부라고.

그녀뿐만 아니라 라르소 관리관도, 오르스 서기도, 하루토 소년도, 거리의 모든 사람들도, 모든 집들도, 모든 산들도, 강도, 초원도, 하늘도, 바다도, 모든 것이 그가 꾸는 꿈에 지나지 않는다고 폭로해버리고 싶었다.

하지만 그럴 수는 없다. 미쳤다고 여기는 건 괜찮지만 실재하는 것이나 다름없는 이 세상을 파괴하는 행동은 망설여졌다. 아무리 이 꿈을 꾸고 있는 창조주라 해도 너무 오만하지 않은가.

하지만…… 그래도…….

입을 다문 그에게 에르헤가 다정하게 말했다.

“라르소 큰아버지가 그러셨어. 당신은 한동안 정양하는 게 낫겠다고. 훌륭한 이야기를 잔뜩 만들어줘서 모두 굉장히 감사하고 있어. 같은 이야기를 몇 번이나 반복해서 책으로 읽거나, 그 내용을 가족이나 친구들과 이야기하며 다시 음미할 줄도 알게 되었어. 그러니 무리하지 말고 편히 쉬어. ‘이번 주의 이야기를 들려달라’고 조르는 사람도 있을지 모르지만 그런 사람도 분명 이해해줄 거야. 영웅도 사람이니까 휴식이 필요하다는 걸.”

정양, 휴식. 그 말에 뜨겁게 달아올랐던 마음이 조금씩 식어갔다. 그러고 보니 지난 삼 년 동안 제대로 쉬어본 적이 없다. 매일매일 이야기꾼으로 사람들이 기대하는 역할을 완수하려고 노력했다. 그 덕에 온 세상의 존경을 얻었고 영웅이 될 수 있었지만…….

"휴가를 받아. 해변이든 고원이든, 당신이 좋아하는 곳에 가서 갓난아기처럼 아무것도 하지 말고 모든 고민과 걱정거리를 잊고 느긋하게 지내는 거야. 지금 당신에게는 그게 제일 나아."

해변의 별장에서 파도 소리에 귀를 기울이고, 고원의 녹음 속에서 낮잠을 즐기는 자기 모습을 상상했다. 입가가 누그러졌다.

"좋을지도 모르겠네. 하지만 당신을 두고 가기는 외로워."

"응, 그러니까 나도 갈 거야. 당신을 따라갈게."

그는 에르헤의 눈동자를 바라보았다. 그리고 무슨 뜻이냐고 묻는 대신 고개를 갸웃거렸다.

"당신이 휴가를 받는다면 따라가도 된다고 큰아버지가 허락해주셨어. 나는 당신하고 함께 멀리 가고 싶어. 그리고……."

구애는 남자가 하는 게 관습이었다. 그는 에르헤의 말을 막았다.

"나하고 결혼해주겠어?"

그녀가 가녀린 팔로 양쪽에서 후미오의 목을 휘감았다. 고급스러운 향유의 향기가 감도는 검은 머리카락을 어루만지며 그는 행복에 젖었다. 난생처음 고백한 구애가 통했다. 그는 더이상 혼자가 아니다. 이게 꿈속이든 말든 아무럼 어떤가. 이제는 상관없다.

바다를 고르길 잘했다.

헤엄치기에는 아직 일렀지만 긴 의자에 드러누워 종일 바다를 바라보는 것만으로도 마음이 편안했다. 통째로 빌린 별장도 좁지만 청결하고 안락했다. 그 무엇보다도 에르헤가 언제나 곁에 있어주는 게 기뻤다. 아침, 점심, 저녁, 정성스레 지어주는 요리는 또 얼마나 맛있으며, 그의 팔베개를 베고 새근새근 잠든 숨소리는 또 얼마나 사랑스러운지.

그 숨소리를 들으며 그는 깊은 밤에 생각했다. 정말로 그는 어디에서 온 걸까? 드림박스라는 기계에 오류가 나서 스스로의 꿈에 유폐되었다고 인식하고 있지만, 그게 과연 진실인지 알 방법은 없다. 꿈의 바깥쪽에 관한 기억은 선명하게 남아 있지만 그것이 광인의 발상이 아니라는 보장은 어디에도 없다.

그렇다. 자기 꿈에 갇히다니 있을 수 없는 일이다. 드림박스는 정신 의료를 위한 기계고 찰나의 환상 같은 꿈을 기억에 고착시키는 기능을 가지고 있다? 그런 짓을 해서 해몽 참고 자료로 쓰기라도 했단 말인가? 황당하다. 그리고 그쪽 세상에서 소설가라는 직업에 종사하던 그가 창작의 자극을 얻기 위해 병도 없는데 드림박스라는 기계에 들어가, 의료 사고로 꿈에서 깨어나지 못하게 되었다니 웃기지도 않는 이야기다.

지금 있는 이곳은 꿈속이 아니다. 그 증거로 넘어지면 무릎

이 까지고, 과도를 잘못 다루면 손가락을 벤다. 먹지 않으면 배가 고프고 에르헤를 품에 안으면 행복하다. 멀리 보이는 저 절벽에서 뛰어내리면 허망하게 죽을 수도 있겠지. 이것이 꿈일 리 없다. 유일무이하고 절대적인 현실이다.

하지만…….

그 또한 있을 수 없는 일이다. 광인의 망상이라고 하기에는 그의 기억이 너무나 풍부했다. 그곳에서 살아온 인생을 극명하게 재현할 수 있다. 그곳에서 읽은 소설 한 권, 한 권, 영화 한 편, 한 편까지 다 기억한다. 소설, 영화. 그런 건 이쪽 세상에 존재하지 않는데도. 역시 그는 밖에서 온 것이다. 정신을 차리고 보니 초원 한복판에 서 있었다. 신기루 같은 도시를 발견하고 그쪽을 향해 걸었다. 그날 이전에는 이 세상의 바깥에 있었던 것이다. 이곳에서 나고 자란 기억이 일절 없다는 게 그 증거다.

애초에 꿈이 아니라면 이런 묘한 세상이 어디에 있을까? 외모는 완전히 일본인, 구사하는 언어도 일본어인데 이름은 싸구려 판타지에서 흔히 보는 수상한 서양 스타일. 문화와 관습도 일본인이 견딜 수 있는 수준으로 서양식으로 조정되어 있고, 건축 양식은 무국적. 거리에는 가톨릭 교회 같은 사원이 점재하고 있지만 제단에는 신의 상징이라는 거울이 놓여 있을 뿐, 순 엉터리다. 정치, 경제, 교육 제도도 애매모호해서 몇 번이나 설명을 들어도 결국에는 이해가 가지 않는다. 전부 꿈이기 때문에 생기는 혼돈이다.

아니, 그래도…….

언제나 그렇듯 또다시 제자리걸음이다. 머리가 터져나가라 고민해도 결론이 날 리 없는데.

역시 이곳은 꿈속이리라. 어느 쪽에 걸겠느냐고 묻는다면 그는 그렇게 대답할 것이다. 너무나 그에게 유리하기 때문이다. 남들보다 쓸데없이 많은 소설과 영화 지식을 머릿속에 담아두다가 그것을 살짝 가공해 재생산하는 재주밖에 없던 남자가 이야기라는 개념이 전혀 없는 세상에 어떤 경로를 거쳐 표착해, 그곳에서 이야기를 독점적으로 공급하는 자로서 영웅이 된다. 문호가 된다. 이 자의적인 상황은 그 모든 것이 고스란히 꿈이기 때문이다.

—오늘밤 이야기도 후세에 남을 걸작이 되겠지.

—대체 어떻게 하면 그렇게 훌륭한 이야기를 만들 수 있지?

—당신은 우리 모두의 보물이야.

—이야기의 신이여. 어찌하면 당신처럼 될 수 있는지 인도해 주십시오.

꿀처럼 달콤한 말들이 귓속에 메아리쳤다.

기만이다. 말도 안 되는 사기. 그가 사람들에게 이야기의 기뿜을 흩뿌리는 것은 사실이지만 그 행위는 전혀 영웅적이지 못하다. 표절이라는, 창작자가 해서는 안 되는 더러운 소행을 되풀이하고 있을 뿐이다. 추악하기 짝이 없다. 입을 다물고 있어도 하늘이 알고 땅이 알고 그가 안다.

하지만 거부할 수 없었다. 갓 내린 눈처럼 새하얀 사람들에게 끝없이 이야기를 들려주고, 세상에 이야기를 뿌리는 희열을 한 번 맛보니 이제 멈출 수가 없다. 영웅이 되고 싶어서 그랬던 건 아니다. 이야기를 들려주는 것만으로 숭배받을 줄은 생각도 하지 못했으니까. 아직 아무도 쓰지 않은 이야기, 아직 아무도 사용하지 않은 수법은 없는지 고뇌하지 않아도 손쉽게 걸작을 만들 수 있는 쾌감에 푹 빠져 있을 뿐이다. 모든 게 타인이 창작한 이야기고, 그는 그것을 적당히 수정해서 들려주고 있을 뿐이라고 고백해야 옳았을까? 아니, 그런 짓을 해봤자 아무도 그 의미를 이해하지 못했을 것이다. 소용없기 때문에 고백을 생략한 것이다. 어느 것이나 그에게는 저작권이 없는 이야기들이었으니, 원치 않았는데 모인 돈은 거의 다 복지시설에 기부하고 그의 수중에는 검소하게 생활할 만큼만 남겼다.

그릇된 짓은 하지 않았다. 하지만…… 그래도 지울 수 없는 이 꺼림칙한 마음은 뭘까?

모래를 사박거리며 발소리가 다가왔다. 에르헤이리라. 새로이

보랏빛 띠를 두른 사랑하는 아내.

"낮잠 자고 있었어? 깼으면 주스 한 잔 할래?"

작은 쟁반에 오렌지주스가 두 잔 놓여 있었다. 얼음이 부딪혀 찰그랑 청량한 소리를 냈다.

"좋네. 마실게."

잔을 하나 들었다. 에르헤는 옆에 놓인 의자에 앉았다.

"화창한 날씨가 이어질 거야. 내일도 모레도 맑을 거래. 항구에 생선을 사러 갔더니 다들 그러더라."

그녀는 눈부신 듯 오후의 바다를 바라보았다. 수평선 위에는 구름 한 점 없다.

"여기 온 지 일주일이 지났는데 계속 맑네. 바다에 비가 내리는 경치도 보고 싶은데. 하루 종일 별장에 틀어박혀, 창가에서 당신하고 바다에 내리는 비를 바라보는 거야."

바닷바람에 머리카락을 나부끼며 그녀는 황홀한 표정으로 말했다.

"그것도 좋겠다."

잔을 기울여 오렌지색 수면과 수평선을 겹쳐 보았다. 그 동작을 의아하게 여겼는지 아내가 "먼지라도 들어갔어?"라고 물었다. 그는 고개를 저으며 주스를 마셨다.

"당신하고 처음 만난 것도 이렇게 화창한 날이었지. 초원 저편에서 비틀비틀 걸어온 정체 모를 남자에게 당신은 정말 친절하게 대해줬어."

"갑자기 왜 그래?"

에르헤가 별일이라는 듯이 웃었다.

"그리운 추억이 떠오른 것뿐이야. 참한 아가씨라고 생각은 했지만 설마 결혼까지 할 수 있을 줄은 몰랐어. 나는 여전히 어디서 태어났는지도 모를 정체불명의 인간이야. 그런 남자를 남편으로 삼았는데 불안하지 않아?"

"당신이 어떤 사람인지는 잘 알아. 어디서 태어나고 어떻게 자랐는지는 관심 없어. 당신은, 좋은 사람이야."

아내는 여전히 티 없는 미소를 짓고 있었다. 그 시선이 눈부셨다. 그녀에게 감추고 있는 비밀이 너무나 커서 가슴이 아팠다.

그런가, 꺼림칙한 이유는 이것이었나. 불현듯 깨달았다. 에르헤를 기만하는 게 괴로웠던 것이다. 그런 마음을 꿰뚫어 본 것처럼 절묘한 타이밍에 그녀가 말했다.

"당신이 비밀을 가졌다는 건 처음부터 알고 있었어. 기억을 잃었다는 건 사실이라 해도 어느 부분은 나를 배려해 감추고 있는 거지. 그래도 괜찮아. 나는 당신이 말해주는 사실만으로 충분해. 비밀로 간직하고 싶은 부분까지 캐물으려고 조르지 않을 거야."

헌신적인 말이었다. 하지만 이대로 침묵하면 오해를 살 것 같다. 그는 고백할 때가 왔음을 깨달았다.

"잘 들어, 에르헤. 나는 이 세상의 바깥쪽에서 왔어."

당신도, 이 세상도, 그가 꾸는 꿈이라는 이야기만은 털어놓을 수 없었다. 그 부분만 봉인하고 그는 기억을 그대로 이야기했다.

나는 이 세상 밖에 있는 다른 세상에서 왔다. 그게 어디에 있는지, 이곳과 어떻게 이어져 있는지, 그건 설명할 수 없다. 다만 비슷한 사람들이 완전히 다른 문화 속에서, 울고 웃고 화내고 슬퍼하며 살아가고 있다는 말밖에 할 수 없다. 나는 그곳에서 태어나 스물다섯 살까지 자랐다. 어느 날, 이 또한 설명할 수 없는 사고가 터져 이쪽 세상으로 굴러떨어지고 말았다. 어쩌면 좋을지 몰라 방황하고 있을 때 친절한 한 여인과 그 부모나 다름없는 백부가 구해줘서 간신히 이쪽 세상에 순응할 수 있었다.

두 세계의 문화에는 다양한 격차가 있었지만 그중에서도 그를 놀라게 한 것은 이쪽에는 이야기라는 개념이 없다는 사실이었다. 그쪽 사람들은 이야기 없이는 살 수 없을 정도로 그것에 매달렸는데. 그가 장난삼아 들려준 이야기에 이쪽 사람들은 큰 충격을 받았다. 가공의 이야기를 접하는 게 인간의 근원적인 환희로 연결된다는 것을 처음으로 깨달았기 때문이다. 그를 받아들여준 이쪽 세상에 보은하는 의미도 담아 그는 이야기를 들려주기 시작했다. 저쪽에서 들은 수많은 이야기들을, 이쪽 사람들이 이해할 수 있는 형태로 수정하면서.

"나는 저쪽 세상에서 이야기를 만들어내는 일을 하고 있었어. 그 직업은 소설가라고 해."

"소설가?"

에르헤는 당혹스러운 표정으로 되뇌었다.

"그래, 소설가. 누구도 만든 적 없는 이야기를 생각해내고, 책으로 써내는 게 일이야. 이 세상에는 이야기를 책으로 쓴다는 인식이 없어서 늘 집회소에서 이야기했지만, 저쪽에서는 처음부터 책 형태로 사람들에게 제공했어. 그런 일을 하는 사람이 많아. 정말 많았어."

영화나 연극, 만화 같은 미디어에서도 이야기를 활발하게 차용하고 있다는 설명은 생략했다. 상상도 할 수 없는 미디어일 테니까. 농부나 어부처럼 소설가라는 직업인이 있는 세상을 상상해준다면 큰 수확이리라.

"당신은…… 소설가였구나. 그랬는데 그때, 이쪽 세상으로 온 거야. 그래서 저쪽 세상에서 발표한 이야기를 이쪽에 전해주고 있고……."

에르헤는 기특하게도 열심히 이야기를 이해하려 애써주었다. 그렇다고 대답하고 싶지만 그는 그럴 수 없었다.

"아니야. 이야기라는 걸 이쪽 세상에 퍼뜨린 건 나지만 지금까지 집회소에서 이야기하고, 오르스의 손을 빌려 책으로 만든 이야기는 내가 창조한 게 아니야. 전부 다른 소설가의 작품이었어. 그토록 뛰어난 이야기를 쉴 새 없이 발표할 수 있었던 것도 이상할 것 없어. 구관조도 할 수 있는 일을 했던 거야."

자학적으로 내뱉은 한마디가 가시가 되어 가슴을 찔렀다. 그렇다, 나는 영웅은커녕 문호 시늉에 정신을 판 구관조. 아무리 고뇌해도 겨우 범작이나 써내던 남자가 술술 걸작을 발표할 수 있는 마약 같은 쾌감에 빠져 있었을 뿐이다. 멋진 꿈을 꾸었다.

"그렇게 슬픈 표정 짓지 마."

에르헤가 손을 들어 그의 왼쪽 뺨을 어루만졌다. 그녀야말로 눈동자에 슬픔이 감돌고 있다. 후미오는 미소를 지었다.

"지금까지 숨기고 있었지만 당신을 더는 속이지 못하겠어. 경멸당하더라도 이야기해야 한다고 생각하고 털어놓은 거야. 그러니 이제는 슬프지 않아. 후련해. 조금 더 이곳에서 휴가를 즐기고 나서 마을로 돌아가자. 이번에야말로 내가 만든 이야기를 사람들에게 들려줄 거야. 위대한 선인이 남긴 이야기와 달리, 용기를 내서 내가 만든 이야기를 말할 거야.

그리고 그 하루토라는 소년을 집으로 불러 어떻게 하면 이야기를 만들 수 있는지 가르쳐줄 거야. 그건 신비한 힘이 필요하지 않은, 누구나 할 수 있는 일이야. 저쪽 세상에서는 소설가가 아닌 사람들도 자기만의 방식으로 이야기를 지어내서 즐겼어. 친한 친구들과 있지도 않은 이야기를 익살스럽게 이야기하며 웃거나, 어머니가 아이가 편안히 잠들 수 있도록 곁에 누워 즉흥적인 이야기를 지어내서 들려주거나. 그건 굉장히 자연스럽게 할 수 있는 간단한 일이야. 물론 당신도 할 수 있어. 나는 당신이 만든 이야기를 들어보고 싶어."

전부 이야기했다.

파도 소리에 감싸인 채로, 두 사람은 한동안 말없이 서로를 바라보았다.

이제 에르헤가 예전처럼 그를 열렬히 존경할 일은 없으리라. 그래도 애정까지 빛이 바래지는 않기를. 후미오는 그렇게 기도했다.

이윽고 그녀의 입술이 천천히 벌어졌다.

"내게만 들려줘서 고마워. 굉장히…… 멋진 이야기야."

후기

각각의 작품이 독립된 단편집이지만 이제부터 이 책을 읽으려는 분들은 가급적 처음부터 순서대로 읽어주시길 바란다(「작가 만담」이라는 단편이 신경쓰일지도 모르지만). 적어도 말미의 「꿈 이야기」는 마지막에 읽어주시길.

이 책에 실린 작품은 미스터리도, 호러도, 모험소설도 아니고 SF도, 판타지도, 만담(?)도 아니다. 가장 먼저 쓴 것은 지쓰교노니혼샤의 《주간 소설》이라는 잡지에 게재된 「글 쓰는 기계」지만 어째서 그런 글을 쓰려고 했는지 기억이 나지 않는다. 변덕이었으리라.

겐토샤의 월간 홍보지 《폰툰》에서도 그런 변덕스러운 소설을 자유롭게 쓰던 중에 그 작품들을 단편집으로 엮어보면 어떨까 하는 이미지가 떠올랐다. 전체 그림이 보인 것은 「꿈 이야기」라는 작품의 아이디어를 얻었을 때였다.

대부분이 장난 같은 소설이라 자유롭게 쓴 작가와 마찬가지로 독자 여러분도 자유롭게, 조금이라도 즐겁게 봐주시면 행복하겠다.

소설을 쓰는 건 귀찮은 일이라 다음 아이디어를 언제 얻을 수 있을지 모른다는 불안에 휩싸이기도 하지만 그런 건 이 세상 어느 일이나 마찬가지다. 고맙게도 나는 지금 이 일이 즐겁다.

마지막으로 신세를 진 지쓰교노니혼샤 세키네 도오루 씨에게 감사를.

겐토샤 시기 야스히로 씨와 기쿠치 스가코 씨에게는 아이디어의 씨앗을 잔뜩 받았고, 기쿠치 씨에게는《폰툰》게재 당시뿐만 아니라 단행본으로 나올 때도 이래저래 수고를 끼쳤습니다. 고맙습니다.

2001년 5월 23일

아리스가와 아리스

문고판 후기

내 소설 속에는 상당한 빈도로 글쟁이가 등장한다. 작가와 동명의 '추리 작가 아리스가와 아리스'가 화자인 시리즈를 쓰는 탓도 있어, 그 경향은 앞으로도 이어질 것 같다.

문득 그게 쑥스러워질 때가 있다. 자신과 같은 직업의 인물을 반복해서 그리다니, 세상 물정에 까막눈인 것만 같아서. 하지만 내 경우 진짜 작가가 어떤 것인지 잘 몰랐던 십 대 때부터 이랬다. 소설에 대한 흥미, 관심, 애착과는 별개로 작가라는 직업의 특이성에서 눈을 뗄 수가 없다.

그렇다 보니 앞으로도 이 책에 실린 것과 비슷한 소설을 쓸 것 같다. 이번에 조금이라도 재밌게 보셨다면 그때도 부디 또 읽어주시길.

여담을 덧붙이자면…….

「작가 만담」에 '슬럼프에 고통받는 한신 타이거스 팬'이라는 작가의 에피소드가 나온다. 그건 물론 2003년에 타이거스가 리그 우승하기 이전의 설정으로, 시간이 흐르면 의미 전달이 어려워질 것 같다. 만약 2003년 이후, 타이거스가 또다시 이십 년 가까이 우승에서 멀어진다면 그 부분은 "이기고 싶다, 이기고 싶다……", "네버 네버 네버 서렌더…….◆"로 고치는 게 적당하리라.

「꿈 이야기」의 결말은 몇 가지 해석(최소 두 가지)이 가능하도록 썼는데, 어느 날 "이런 뜻이지요?"라는 질문을 받고 대답이 궁했던 적이 있다. 그건 작가로서도 결정할 수 없는 부분이었다.

문고로 나올 때도 단행본과 마찬가지로 장정은 오지 히로미 씨, 편집은 기쿠치 스가코 씨에게 신세를 졌습니다. 깊이 감사드립니다.

2004년 6월 23일

아리스가와 아리스

◆ 2002년 한신 타이거스 호시노 센이치 감독이 내건 슬로건.

옮긴이 **김선영**
한국 외국어 대학교 일본어과를 졸업했다. 다양한 매체에서 전문 번역가로 활동했으며 특히 일본 미스터리 문학에서 왕성한 활동을 하고 있다. 옮긴 책으로는 『자물쇠 잠긴 남자』, '소시민' 시리즈, 『이제 와서 날개라 해도』, 『진실의 10미터 앞』, 『왕과 서커스』, 『야경』, 『엠브리오 기담』, 『쌍두의 악마』, 『인형은 왜 살해되는가』, 『살아 있는 시체의 죽음』, 『고백』, 『경관의 피』, 『흑사관 살인 사건』, 『꿀벌과 천둥』 등이 있다.

작가 소설

초판 발행 2019년 7월 3일

지은이 아리스가와 아리스
옮긴이 김선영
펴낸이 염현숙

책임편집 지혜림 | **편집** 임지호
디자인 이효진 | **저작권** 한문숙 김지영
마케팅 정민호 정진아 함유지 김혜연 박지영 김수현 | **홍보** 김희숙 김상만 이천희 오혜림
제작 강신은 김동욱 임현식 | **제작처** 한영문화사(인쇄) 경일제책(제본)

펴낸곳 (주)문학동네
출판등록 1993년 10월 22일 제406-2003-000045호
임프린트 엘릭시르

주소 10881 경기도 파주시 회동길 210
문의 031-955-1901(편집) 031-955-8896(마케팅) 031-955-8855(팩스)
전자우편 editor@elmys.co.kr | **홈페이지** www.elmys.co.kr

ISBN 978-89-546-5680-1 03830

엘릭시르는 출판그룹 문학동네의 임프린트입니다.